W0191609

Josef Fendl · Zu den 13 Aposteln

JOSEF FENDL

Zu den 13 Aposteln

Pfarrergeschichten

Holzschnitte
Ferdinand Kieslinger

Turmschreiber Verlag

ISBN 3-930156-40-7

© Turmschreiber Verlag GmbH Pfaffenhofen
Alle Rechte vorbehalten

Umschlaggestaltung: Elisabeth Petersen, 85263 Glonn
unter Verwendung eines Gemäldes von Johann Georg v. Dillis
„Tegernseelandschaft mit Blick auf die Quirinuskapelle",
1825 – Bayer. Staatsgemäldesammlung München

Satz: Rist Satz & Druck GmbH, Ilmmünster
Druck: Humbach & Nemazal GmbH, Pfaffenhofen/Ilm
Bindung: R. Oldenbourg, München

Printed in Germany 1996

Vorwort

Kirche und Humor?

Bayern ist seit 1300 Jahren ein christliches Land, in dem die Kirche nach wie vor zum Dorf gehört und wo man deshalb sogar über einen Pfarrer schimpfen darf, vorausgesetzt, man hat den Satz „– sei hl. Weih' ausg'nommen" vorausgeschickt. (Auf das „h" im Wort „Weih'" wird übrigens nicht nur aus orthographischen Gründen Wert gelegt, denn noch existiert der Zölibat, auch in den Erzählungen dieses Buches!)

Der bayerische Humor ist also schon seit Jahrhunderten mit Weihwasser besprengt; „sein Brunnen reicht bis zum Grundwasser des Glaubens" (G. Eberts). Als andere deutsche Stämme noch „an den Missionsknochen herumgefieselt haben", hat man bei uns schon die schönsten religiösen Texte und Lieder geschrieben.

Deshalb braucht man in Bayern seinen „Hamur" nicht an der Kirchentüre abzugeben, denn die Kirche ist Gott sei Dank keine GmbH, keine Gesellschaft mit beschränktem Humor. Im Gegenteil: Ein Christ sollte eigentlich noch unter Tränen lachen können, weil er sich auf der Seite dessen weiß, der sogar den Tod überwunden hat.

Lebensfreude und Frömmigkeit schließen sich in Bayern nicht aus, sie sind vielmehr Bestandteile jenes fruchtbaren Spannungsverhältnisses, das wir beispielsweise auch in der Antithetik des Barock finden. Denn wer so tief in seinem Glauben verwurzelt ist, der darf auch ein bißchen erd- und sinnenhaft damit umgehen. „Wenn Gott keinen Spaß verstünde", sagte Martin

Luther, „so möchte ich nicht im Himmel sein!" Und Mark Twain schließlich betrachtet den Humor gar als eines der wichtigsten Attribute Gottes. Wohl aus diesem Grund meidet der Teufel (nach altem Volksglauben) Christen mit Humor.

Die vorliegenden 130 „Kirchengeschichten" versuchen, den Beweis für das oben Gesagte anzutreten.

J. Fenae

Zu den 13 Aposteln

„... und dös is unsere neue Kirch!" sagt der Pfarrer zu seinen Besuchern irgendwo im Altbayerischen und weist mit sichtlichem Stolz auf das stattliche Gotteshaus hin. Man betrachtet das Bauwerk eingehend von außen und innen, rühmt Modernität und Kunstsinn des Bauherrn und wundert sich lediglich über die Zahl der Apostelstandbilder an den beiden Langwänden, denn von dreizehn Aposteln stünde doch nichts in der Heiligen Schrift ...

„Ja mei!" schmunzelt der Pfarrer, „ja mei, dös muaß mer verstehn: der dreizehnte, dös is a Asylant. Den hab i nehma müassn, sonst hätt i koan Staatszuschuß kriagt ...!"

Die Pfarrerprüfung

Daß künftige Seelsorger nicht nur ihre wissenschaftlichen Prüfungen an der Hochschule zu absolvieren, sondern auch ihr praktisches pastorales Urteilsvermögen unter Beweis zu stellen haben, versteht sich nahezu von selbst.

Bei einem solchen Examen wird ein Theologiestudent mit der Frage konfrontiert, was er zu machen gedenke, wenn eine Fliege in seinen Meßkelch gefallen sei. Der Prüfling zögert nicht lange und antwortet: „Ich ergreife sie flugs mit meinen geweihten Fingern, halte sie in die geweihte Flamme einer Altarkerze und verhelfe ihr auf diese Weise zu einem gnädigen Tod."

Der Examinierende ist von dieser Antwort angetan und sagt: „Wenn Sie immer so bedachtsam verfahren, sind Sie ein überlegt handelnder Priester!" Der also Gelobte setzt nun noch eins drauf und sagt: „Herr Professor, ich bin es noch nicht, aber durch Gottes Gnade und durch die Handauflegung des Bischofs werde ich bald einer sein …"

Ein geistlicher Kommilitone, der nicht gerade zu den Schlauesten zählt – denn auch solche soll es unter geweihten Personen geben –, hat gehört, daß bei derlei Prüfungen hin und wieder die gleichen Fragen gestellt werden, lauscht deshalb an der Tür und prägt sich die Antworten ein. Als er an der Reihe ist, setzt man ihm allerdings eine ganz andere Frage vor: „Was machen Sie, wenn eine alte zittrige Frau die Handkommunion begehrt?" Der Proband hat in der Zwischenzeit noch einmal seine Antwort memoriert und dafür weniger auf die konkrete Frage geachtet. „… ich ergreife sie mit meinen geweihten Fingern", sagt er kuraschiert, „halte sie in die geweihte Flamme einer Altarkerze und verhelfe ihr auf diese Weise zu einem gnädigen Tod ...!"

Da vergißt der Examinator alle Regeln psychologischer Menschenführung und poltert los: „Sie sind ein Hornochse, ein Trottel, ein ausgemachter Dummkopf ...!" Der Priesteramtskandidat antwortet demütig: „Herr Professor, ich bin es noch nicht, aber durch Gottes Gnade und durch die Handauflegung des Bischofs werde ich bald einer sein ...!"

In der Diaspora

Eine Hitze ist das wieder in diesem Jahr! Die Sonne hat alles ausgedörrt bis zum Gehtnichtmehr. Die Felder der protestantischen Bauern sind genauso trocken wie die ihrer katholischen Glaubensbrüder, nur: die Evangelischen finden sich mit ihrem Schicksal ab, die Katholischen aber gehen zu ihrem Pfarrer und verlangen eine Prozession zu den 14 Nothelfern, von denen schon einer zuständig sein wird für die große Trockenheit. Fragt sich nur, welcher.

Der junge Geistliche ist noch nicht lange im Dorf und im Amt und kennt anscheinend die Verhältnisse nicht, weder die örtlichen noch die himmlischen. Er zögert und zögert. „Ich glaub, das mit der Prozession ist nichts", sagt er schließlich.

Das gefällt aber den Leuten gar nicht. „Und warum nachher net?" fragen sie. „Geht ja alles z' Grund ...!"

„Ja, liebe Leut", sagt der Pfarrer, „schauts euch amol den Barometer an! Der steht sauber z' guat. Mir in der Diaspora können 's uns net leistn, daß sich unsere Heilign blamiern ...!"

Ein neuer Heiliger?

Die Urlaubszeit schwemmt die verschiedensten Besucher in unsere Dörfer im Wald. Die Herren Pfarrer müssen da schon einiges über sich ergehen lassen, was unschickliche Bekleidung oder ganz allgemein das Benehmen im Gotteshaus betrifft. Hin und wieder gibt es aber auch kleine Lichtblicke.

Da sitzt also der Herr Geistliche Rat Simbürger am Vorabend des Portiunkula-Sonntags im Beichtstuhl, der früher zu diesem Anlaß auch schon frequentierter war als heute, und verfolgt in einer Verschnaufpause zumindest akustisch das Kommen und Gehen in seiner kunstgeschichtlich durchaus nicht unbedeutenden Pfarrkirche.

Gerade als er sich wieder dem Breviergebet zuwenden will, dringt die helle Stimme eines etwa zehnjährigen Mädchens an sein besonders im Beichtstuhl geschultes Ohr. Das Kind scheint über die Heiligen besser informiert zu sein als mancher Kunstgeschichtsstudent im sechsten oder achten Semester.

„Schau, Papa", sagt es, „das muß der hl. Joseph sein, man erkennt ihn an der Lilie, die er in der Hand hält … Und das hier ist die hl. Katharina von Alexandrien, sie hat ein Rad bei sich, weil sie gerädert werden sollte, aber da ist dann der Blitz in das Marterinstrument gefahren und hat es kaputtgemacht … Und das hier ist sicher die hl. Barbara mit dem Turm … Sie wurde nämlich von ihrem Vater in das Gefängnis geworfen, weil sie ihren heidnischen Bräutigam nicht heiraten wollte …"

Der Herr Geistliche Rat ist erstaunt über so viel ikonographisches und hagiographisches Wissen und lugt neugierig hinter dem rotsamtenen Vorhang seines Beichtstuhls hervor. Weil er das blitzgescheite Kind nicht gleich zu sehen kriegt, muß er seine Position ein wenig verändern, und deshalb knarzt die Sitzbank, als er aufs neue hinter dem Vorhang hervorzuschauen beginnt. Das Mädchen, auf dieses Geräusch aus dem Beichtstuhl aufmerksam geworden, sieht ebenfalls angestrengt herüber. Da zieht der Herr Geistliche Rat den Vorhang schnell wieder zu, hört aber gerade noch, wie das Mädchen seinen Vater fragt: „Gell, Papa, und dös hinter dem Vorhang is der hl. Kasperl...?"

Der Ehrenplatz

In Rettenbach hat eine fromme Seele der Pfarrkirche eine große Holzfigur des hl. Bruder Konrad gestiftet, jenes braven Bauernsohnes, der mit 31 Jahren zu den Kapuzinern nach Altötting gegangen ist und dort fast sein ganzes Leben lang an der Klosterpforte Dienst getan hat.

Der Pfarrer Schinabeck ist hoch erfreut über dieses Standbild, für das er schon einen besonderen (aber noch geheimgehaltenen) Ehrenplatz ausgewählt hat, und er versucht, diese Begeisterung auch auf seine Pfarrkinder zu übertragen. Bei der Vorstellung des Bildwerks nimmt er deshalb Zuflucht zum homiletischen Kunstmittel der Wiederholung, das ja bekanntermaßen schon von den Verfassern des Alten Testaments so meisterhaft eingesetzt wurde.

„Ja, wo sollen wir ihn denn hinstellen?" schleudert er die rhetorische Frage unter seine Gläubigen. „Wo, meine lieben Christen, so frage ich euch noch einmal,

wo sollen wir ihn denn hinstellen, unseren heiligen Bruder Konrad? Stellen wir ihn zur hl. Muttergottes? Aber
da steht schon ihr Verlobter, der hl. Josef mit der Lilie
der Unschuld ... Stellen wir ihn zum hl. Florian, dem
Wasserkübelmann? Aber da steht schon der hl. Sebastian, den sie mitten im Winter mit Pfeilen totgeschos-
sen haben. Stellen wir ihn zur hl. Barbara? Aber das wär
auch kein Zustand ... Ja, wo stellen wir ihn denn hin,
den Birndorfer Hans von Parzham?"

Da steht unten in den Bänken der Mitterhofer Bauer auf, der allgemein als ein etwas Hantiger gilt, und ruft
zur Kanzel hinauf: „Woaßt wos? Jetz stellst 'n einfach
da her af mein Platz, weil i jetz hoamgeh, denn i mag
mir dein Schmaaz nimmer länger anhörn!" Sprachs und
verschwand durch die hintere Kirchentür.

Aschenauflegung – auf bayerisch

Es mag sein, daß es im bayerischen Hinterland noch
viele gewissenhafte und eifrige Mesner gibt, aber einen
so dienstbeflissenen und frommen Kirchendiener wie
ihn die Zinzendorfer haben, gibt es so schnell nicht ein
zweites Mal. Was tut es da schon, daß der Katzendobler Benedikt nicht gerade der Schlaueste ist und seinerzeit aus der 5. Klasse der Volksschule entlassen wurde.
Damals wußte man eben noch nichts davon, daß man
Kinder nicht einfach so heranwachsen lassen darf, sondern begaben muß.

Nun darf freilich nicht der Eindruck entstehen, als
sei der besagte Benedikt Katzendobler ein recht unbe-
holfener oder gar tölpelhafter Mensch. Im Gegenteil!

Eines Tages kommt er mit einem ganz aktuellen Anliegen zu seinem Pfarrer. „Im Regensburger Bistumsblatt", sagt er, „steht zu lesen, daß seit einiger Zeit auch Laien und Klosterschwestern die Kommunion austeilen dürfen. Stimmt das, Herr Pfarrer?"

„Noja", sagt der geistliche Herr, „wenn's im Bistumsblatt steht, wird's schon stimmen."

„Wissen S'", fängt nun der Mesner zu betteln an, „wissen S' Herr Pfarrer, was ich noch gern derleb'n tät? Ich möcht auch amal d' Kommunion austeil'n!"

„Na, na, dös schlag dir nur gleich aus dem Kopf!" sagt der Herr Pfarrer. „So weit sind wir in Zinzendorf noch lang net! Und so lang i Pfarrer bin …"

Aber weil der Benedikt gar so inständig bettelt und der Herr Pfarrer ein weiches Herz hat, sagt er zu ihm: „In vierzehn Tagen ist Aschermittwoch, dann darfst d' Asch'n aufleg'n!" Der Benedikt Katzendobler freut sich über diese Mitteilung wie ein kleines Kind über ein besonders schönes Geschenk vom Christkind.

„Ja, aber", kommen dem frommen Mann die ersten Bedenken, „was muß ich denn da sagen?"

„Du brauchst bloß sagen: Memento homo, quia pulvis es et in pulverem reverteris!"

„O mei Herr Pfarrer, dös kann i mir net merk'n!"

„No ja, nachher sagst es halt auf deutsch. Jetz' is scho soviel deutsch word'n, daß auf dös auch nimmer ankommt!"

Der Benedikt kann es schon gar nimmer erwarten, bis der Tag seiner Übernahme in den gehobenen geistlichen Dienst heranrückt. Endlich ist es soweit. Aber der Mesner ist aufgeregt wie eine Lehrerin bei der zweiten Lehramtsprüfung. Kurz vor Beginn der Messe macht er sich in der Sakristei noch einmal an den Herrn Pfarrer heran und jammert, daß er nicht mehr sicher wis se, ob er den die heilige Handlung begleitenden Text auch beherrsche.

Der Herr Pfarrer, aufgebracht über das nervöse Getue des Mesners, gibt ihm ziemlich unwirsch zur Antwort: „Du bist ein Esel und bleibst ein Esel!" Aber dann schlägt die Turmuhr, und der Herr Pfarrer ist ein pünktlicher Mensch und beginnt die Messe.

Nach dem Segen kommt die sogenannte „Einäscherung". Das ganze getreue Kirchenvolk von Zinzendorf begibt sich an die Kommunionbank, um sich die geweihte Asche auflegen zu lassen. Der Herr Pfarrer übernimmt die rechte Hälfte, der Mesner bekommt die linke.

Der Bürgermeister, auch in geistlichen Dingen ein Vorbild der Gemeinde, ist der erste, dem der Benedikt die Asche auf den Kahlkopf legt, dabei die Worte vor sich hindeklamierend: „Du bist ein Esel und bleibst…

„Was?" begehrt da das Gemeindeoberhaupt auf, „darfst du mich an Es'l hoaß'n, bloß weil du dem Herrn Pfarrer d' Asch'n aufleg'n hilfst?"

„Staad bist!" kontert der Mesner scharf, „dös is die neue Liturgie – deutsch!"

A – moralischer Imperativ

Bärndorf ist eine kleine armselige Pfarrei im Wald. Aber dem Pfarrer Achtelstetter gefiel sie so, daß er bereits im 35. Lebensjahre beschlossen hatte, hier zu bleiben, und das war nun auch schon wieder gut 35 Jahre her. Er war rüstig geblieben und gedachte, sich deshalb noch einige Jährlein im steinigen Weinberg des Herrn abzurackern. Für Neuerungen hatte er allerdings – zumindest, wenn sie Liturgie und Kirche betrafen – gar kein gutes Ohr mehr. „Is frühers aa ohne dem ganga!" war die stereotype Antwort, die jeder zu hören bekam, der sich in seiner ungezügelten Phantasie entsprechende Anschaffungen oder Änderungen vorgestellt hatte. Nicht einmal eine Liedanzeigetafel, wie man sie heute überall in Stadt und Land in den Kirchen findet, wurde dem Bärndorfer Organisten genehmigt – bis eines Tages der Huber Ignaz und die Winklinger Anna in den heiligen Stand der Ehe traten.

Und das ging so: Der Pfarrer Achtelstetter begab sich vor der Brautmesse – wie es seine Gewohnheit und vielleicht sogar Vorschrift war – eingehüllt in seinen brokatenen Ornat und mit salbungsvollen Gebärden vor das versammelte Bärndorfer Kirchenvolk, das diesmal – der vielen Vereine wegen, in denen der Huber Naz zumindest passives Mitglied war – zahlreicher war als sonst, und gab wie immer an, welches Lied zu Beginn der Meßfeier zu singen wäre. Der recht lebenslustigen Art des Brautpaares wenigstens in etwa entsprechend – es war seinem in derlei Dingen doch geübten Blick nicht entgangen, daß sich das Kleid der Braut schon ein wenig wölbte –, hatte sich der Seelenhirte für das Lied „Habet, Kinder, Angst vor Gottes Zorn!" entschieden.

Wie gesagt, Pfarrer Achtelstetter trat also vor die sehnsüchtig und erwartungsvoll der kommenden Dinge harrende Schar der Kirchenbesucher und Hochzeitsgäste und verkündete laut und vernehmlich: habet Kinder, vor der Trauung 1–3, nach der Trauung 4–7 ..."

Vierzehn Tage darauf ließ dann der erzkonservative Pfarrer in der Bärndorfer Kirche doch eine von diesen neumodischen Liedanzeigetafeln installieren. Seine Pfarrkinder und meine Leser wissen auch, warum.

Die peinliche Berührung

Pfarrer Bornschlegl von Dieterskirchen mußte sich bereits ein halbes Jahr lang jeden Sonntagmorgen über die Maßen ärgern. Denn fünf oder zehn Minuten nach Beginn der Messe tauchte eine ihm nicht näher bekannte Enddreißigerin in der Kirche auf, meist keck und provozierend gekleidet, in einem karierten Hosenanzug etwa oder einem frechen Blouson, und setzte sich mit einem gekonnten Schwung auf die hölzerne Abdeckplatte des romanischen Taufsteins seiner Kirche, um von dieser Warte aus den Gottesdienst zu verfolgen.

Wenn man von dieser ungewöhnlichen Sitzfläche absah, hätte man das ja noch alles hingehen lassen können –, wäre diese Evastochter nicht eine geradezu aufreizende Augenweide für die umstehenden Männer und Burschen gewesen. Wahre Trauben bildeten sich um die „Flugga" (Originalton Pfarrer Bornschlegl), ja, die Sache mußte sich im Dorf herumgesprochen haben, denn manche Vertreter des starken Geschlechts hatte der Pfarrer schon eine Ewigkeit nicht mehr in der Kirche gesehen. So sehr ihm zwar diese plötzliche Steigerung des Gottesdienstbesuches recht sein mußte, so mißlich war die Situation trotz allem, und Pfarrer Bornschlegl sann auf Abhilfe.

Als „die dumme Zenz" (wieder O-Ton des Pfarrers) am nächsten Sonntag erst bei der Lesung in die Kirche kam, mit schwarzer Hose und einer roten Seidenbluse bekleidet, und sich mit einem leichten Sprung mit Dreher auf die Abdeckung des Taufsteins schwang, brach diese unversehens mit lautem Krachen durch, und die Unbekannte saß mit ihrer Scheibe im Wasser.

Die schrillen Schreie, die sie ausstieß, machten schließlich auch noch den letzten Gottesdienstbesucher auf ihr Mißgeschick aufmerksam. Während die einen die Madame bedauerten, konnten sich die anderen vor lauter Lachen kaum mehr halten, und es dauerte eine ganze Weile, bis sich die Gläubigen wieder beruhigt hatten. Die getaufte Maus hatte zu diesem Zeitpunkt schon längst prustend und schimpfend das Gotteshaus verlassen.

Zu Hause setzte sie sich noch am gleichen Tag hin und schrieb einen Brandbrief an das Bischöfliche Ordinariat, in dem sie sich als eifrige Gottesdienstbesucherin bezeichnete und ohne Umschweife den Pfarrer Bornschlegl als Attentäter verdächtigte, der sich nicht scheue, für seine infamen Machenschaften sogar Weihwasser zu verwenden.

Der Brief wurde im Ordinariat zuständigkeitshalber an den Herrn Generalvikar weitergegeben, aus dessen Büro der Pfarrer in den nächsten Tagen ein ziemlich amtlich gehaltenes Schreiben erhielt, in dem zu lesen stand, daß der Herr Generalvikar die Sache zur Kenntnis genommen habe und wegen dieses Ereignisses peinlich berührt sei. Der Pfarrer werde gebeten, eine detaillierte Stellungnahme zu diesem Vorfall abzugeben.

Verärgert griff Pfarrer Bornschlegl umgehend zur Feder und schrieb kurz und lakonisch:

Betr.: Peinliche Berührung des Herrn Generalvikars: Der Endesunterzeichnete möchte in obiger Angelegenheit nur mitteilen, daß das Weihwasser gar kein Weihwasser gewesen ist. Der Beschuldigte hat das Taufbecken gereinigt und vorher das Weihwasser gegen ordinäres Putzwasser ausgetauscht, weil der Schreiner den Auftrag hatte, die schadhafte Abdeckung zu reparieren,

*aber – wie bei den Handwerkern so üblich – bis jetzt
nicht gekommen ist.*

Seit dieser Begebenheit hat – dem Vernehmen nach –
der Gottesdienstbesuch in Dieterskirchen wieder an
Intensität nachgelassen.

Eine nachahmenswerte Methode

Es ist eine landauf, landab bekannte Tatsache, daß
das Spendenaufkommen bei den sonntäglichen Kol-
lekten eher rückläufig ist. Der Pfarrgemeinderat von
Oberbrunn überlegte deshalb, was man gegen diesen
Trend unternehmen könnte. Es wurden diese und jene
Gründe angeführt und die verschiedensten Vorschläge
diskutiert. Einer von ihnen ging davon aus, daß es unter Umständen auch am Mesner liegen könnte. Wenn
der beispielsweise etwas freundlicher wäre ...

Der Kirchendiener nimmt sich diese Kritik zu Herzen und träumt in der Nacht, daß ihm ein Engel er-
schienen sei und empfohlen habe, er solle es einmal mit
den Anrufungen der Lauretanischen Litanei versuchen.
(In Wirklichkeit war dies ein Vorschlag der Katechetin
gewesen, die man in dieses Gremium berufen hatte.)

Am nächsten Sonntag probiert der Mesner diese Ein-
gebung gleich aus. Zum Wirt, dessen Familie seit Generationen einen der vorderen Kirchenstühle innehat,
sagt er: „Du Ursache unserer Freude!" Der ist über dieses unerwartete Lob dermaßen erfreut, daß er gleich einen Schein in das Körbchen wirft.

Den Doktor, der ausnahmsweise auch einmal in der
Sonntagsmesse ist, preist er: „Du Heil der Kranken!"
Auch der ist von diesem ungewohnten Prädikat ange-

tan und spendiert einen Zehner. In der nächsten Bank breitet sich der Huber-Bauer aus. An seiner Weste baumelt eine schwere goldene Uhrkette. „Du goldenes Haus!" psalmodiert der Mesner. Eine solche Hervorhebung ist natürlich ihren Lohn wert.

Zwei Bänke dahinter sitzt der Lehrer. Für ihn heißt die Lobpreisung: „Du Sitz der Weisheit!" So etwas tut verständlicherweise gut, wenn man in der Beurteilung durch den Schulrat stehen hat: „Seine Teilnahmefreudigkeit an Fortbildungsmaßnahmen hielt sich in Grenzen."

Schließlich wechselt der Mesner auf die sogenannte Weiberseite über, hält bei der Pfarrjugendführerin inne, die er mit „Du geheimnisvolle Rose!" tituliert, um dann bei der Pfarrhaushälterin mit einem lauten „Du mächtigste Jungfrau!" der ganzen Aktion einen würdigen Abschluß zu verleihen.

Das salomonische Verfahren

Zwei Mitbrüder des geistlichen Standes unterhalten sich am Rande der Dekanatskonferenz über die von ihnen praktizierte Aufteilung der sonntäglichen Kollektengelder. Denn wie jedermann weiß, wird in unseren Kirchen an allen Sonn- und Feiertagen Geld gesammelt; ein Teil des Ertrages bleibt in der jeweiligen Pfarrei, der andere Teil muß an die Diözese abgeführt werden.

Was nun die Form der Sammlung angeht, so kann man landauf, landab die verschiedensten Erscheinungsformen erleben. Mancherorts wandern geflochtene Körbchen durch die Reihen der Gottesdienstbesucher, in anderen Gemeinden geht der Mesner mit einem an einer langen Stange befestigten rotsamtenen Beutel durch das Kirchenschiff, wieder in anderen wird eine Blechbüchse durchgereicht, in der die Münzen so schön scheppern, daß ein geübtes Ohr durchaus zu unterscheiden vermag, ob nur ein Zehnpfennigstück oder mindestens ein Zwickl (Zweimarkstück) als Obolus gegeben wurde. In manchen Pfarreien bedankt sich der Mesner mit einem geschnarrten „Vergeltsgott!", in anderen wieder verströmt eine Pfarrschwester ihr freundliches Lächeln. Verbindliche Richtlinien gibt es hier Gott sei Dank nicht. Davon hat die Kirche ohnedies schon genug aufzuweisen.

Nun – nach diesen grundsätzlichen Ausführungen über die gebräuchlichsten Formen der Sonntagskollekte – wieder zurück zu unseren zwei jungen Pfarrerkollegen! „Sei amol ehrlich", sagt der eine zum anderen, „wia teilst denn du die Kollekte auf?"

„Ganz einfach", sagt der, „i wirf alles in d' Luft, und dann werd'n die Geldstücke mit der Zahl nach oben für die Pfarrei herg'nommen, und die mit dem Bild liefere ich an die Diözese ab ..."

„Ah ja?" sagt der andere, „so ähnlich machs i aa. I werf alles in d' Höh – was owafallt, bleibt in der Pfarrei, was obn bleibt, kriagt der Bischof ..."

Wenn das Licht grün wird ...

Der Moosbauern-Peter ist mit seiner Patin, der alten Guglhamer Theres, wallfahrten gegangen. Nicht weit. Denn der kleine Peter kann noch keine großen Sprünge machen, und die Theres ist auch nicht mehr die Jüngste. So sind sie halt nur bis zu „Unserer Lieben Frauen

Brünnl" hinausgepilgert, denn „beten kann man überall", sagt die Theres. Und sie tut es ausgiebig. Aber
gleich so lang, daß es dem Peterl scheint, als sei schier
die Ewigkeit angebrochen, von der neulich der Herr
Kooperator den Erstklaßlern so schön erzählt hat.

Schon längst hat sich der Bub an der Schönheit der
fremden Kirche sattgesehen, hat eine Zeitlang mit dem
Kreuzl seines Rosenkranzes das Namensschild vor ihm
zerkratzt und das nächste noch dazu. Aber die Zeit ver-
geht halt so langsam. Und wenn er zu der Theres hin-
überschielt, sieht er nur, daß ihr Rosenkranz kein Ende hat und ihre ausgedörrten Lippen sich unaufhörlich
bewegen.

Da fällt sein Blick auf ein flackerndes Etwas, das er
vorher übersehen haben mußte. Da war doch in der Kirche wahrhaftig auch ein rotes Licht, wie an der Kreu-
zung beim Postwirt. Gebannt starrt er hin. So gebannt,
daß die Theres aus ihrer Andacht kommt und für einen
Augenblick glaubt, der Peter habe den bösen Blick bekommen. Der schaut immer noch unverwandt zu der
seltsamen Ampel. „Ist etwa ein Katzenvieh in der Kirche?" denkt die Theres. Nichts dergleichen rührt sich.
Nur das ewige Licht flackert ein wenig. Aber wie der
Bub merkt, daß die Theres das immerwährende Gebet
unterbrochen hat und ihn anschaut, will er ihr etwas
sagen.

„Was hast denn allerweil, Peter, ha?" fragt sie.

„Gell, Theres, wenn dös Liacht da vorn grün wird",
sagt er, „nacher dürf'n mir gehn…?"

Der Geldbeutel des Pfarrers

Der Moosbauern-Peter ist ein ganz ein Gewappelter! Das sagen sie alle. Aber es ist kein Wunder, sagen sie, denn der Michl-Jackl (wie die Leute seinen Vater nennen) ist auch schon immer ein Hagelbuchener gewesen.

Einmal in der großen Pause fällt dem Herrn Pfarrer ein, daß er eigentlich doch das Fahrrad hätte brauchen können nach der Schule. „Geh", sagt er zum Peter, „hol mir mein Radl aus dem Pfarrhof!" Und kaum hat er noch mit dem Lehrer ein paar Worte gesprochen, ist er auch schon wieder da, der Peter, und liefert das Vehikel ab. „Da!" sagt der geistliche Herr und zieht die Geldbörse, „da – kriegst a Markl!" Der Peter stellt sich auf die Zehenspitzen. Vielleicht, daß er jetzt einen Blick tun kann in die kirchliche Finanzkasse. Denn das möchte er schon gern sehen, wie sich so ein geistlicher Herr mit dem Diridari steht – weil sie doch jeden Sonntag in der Kirche den Mesner mit dem Klingelbeutel herumgehen lassen.

Und wie er da so in den geweihten Geldbeutel schaut und nicht nur ein paar Zehnerl sieht, sondern auch einen Fünfer und einen Zwanziger vielleicht, da entfährt es ihm voll ehrlicher Bewunderung: „Hot der Teifi Göjd!"

Ein seltsamer Weihrauch

Das Rauchfaßtragen gehört seit jeher zu den angesehensten Funktionen des Ministrantenberufes. Das hängt mit mehreren Gegebenheiten zusammen. Zunächst einmal ist es neben der mehr kontemplativen Mitfeier der übrigen Dienste die aktivste Form der Mitwirkung beim Gottesdienst. Immerhin will ein Rauchfaß ständig ordentlich und gleichmäßig geschwungen werden, damit die Kohlen am Glühen gehalten werden. Wenn dann entsprechend viel Weihrauch aufgelegt wurde, lassen sich dem Gefäß die schönsten geweihten Rauchschwaden entlocken. Beim sogenannten Inzensieren schließlich konnte ein geschickter Rauchfaßträger die kleinen Ketten zum Klirren bringen, daß es eine wahre Freude war und jedes echte Ministrantenherz höher schlagen ließ. Außerdem wird niemand ernstlich abstreiten wollen, daß Weihrauch tatsächlich leicht narkotisierend wirkt, wenn auch nicht in dem Maße, wie einschlägige Pressemeldungen vor einiger Zeit glauben machen wollten.

Es war nun seit längerer Zeit ausgemacht und durch Tributzahlungen der unterschiedlichsten Art auch rechtlich abgesichert, daß der Hintermeier Sepperl am nächsten Sonntag diese angesehene Rolle übertragen bekommen sollte. Aber der Feldbauern-Toni, der nun schon vier Sonntage hintereinander das begehrte Amt wahrnahm, dachte nicht im entferntesten daran, von seinem angemaßten Recht abzustehen und das Rauchfaß aus den Händen zu geben.

So kam es, wie es kommen mußte: In der Sakristei entwickelte sich zwischen den beiden Anwärtern eine handfeste Rauferei, die nur durch das energische Da-

zwischentreten der Mesnerin rechtzeitig und ohne Blut-
vergießen beendet wurde. Allerdings entschied das un-
wissende Weib aus unerfindlichen Gründen und entgegen allen getroffenen Abmachungen zugunsten des
Feldbauernbuben.

Dieser geistliche Justizirrtum durfte natürlich nicht
ungesühnt im Raum stehen bleiben. Da der Hinterhuber mit Recht annahm, daß mit brachialer Gewalt wenig auszurichten sein würde – immerhin war sein Kon-
trahent gut einen Kopf größer und auch stärker –, sann
er auf eine subtilere Form von Rache.

Da er als Bauernbub wußte, welch penetranten Geruch angesengte Hornmasse zu verbreiten imstande
war, schnitt er sich zu Hause seine zwanzig Nägel, die
– nebenbei gesagt – diese Generalsanierung ohnedies bit-
ter nötig hatten, bis zur Schmerzgrenze zu. Dann nahm
er seinen Tuschekasten und färbte die halbmondförmi-
gen Gebilde anthrazitfarben ein, damit sie nicht vorzeitig Verdacht schöpfen ließen. Er bewahrte diese ordinären Reliquien in einer leeren Streichholzschachtel
auf, sah zu, daß er am nächsten Sonntag einer der ersten in der Sakristei war und schob dort die Hornspä-
ne unbemerkt unter die Kohlen.

Glücklicherweise hatte sich der Feldbauer etwas ver-
spätet, und die Glut konnte erst in letzter Minute in das
Rauchfaß gelegt werden, dann schellte auch schon die
Sakristeiglocke, und der ganze Ministrantenpulk wan-
delte gemessenen Schrittes in Richtung Hochaltar. Der
Toni schwang fest und selbstbewußt das Rauchfaß, auf
daß die Kohlen auch entsprechend Sauerstoff zuge-
führt bekamen.

Der Herr Pfarrer war der erste, der den eigenartigen
Geruch in die Nase bekam. Er schnupperte ein paarmal

und dachte dann an einen plötzlichen crepitus ventris, wie Geistliche und andere humanistisch Gebildete zu einem ganz gewöhnlichen bayerischen Darmwind sagen, aber spätestens bei der Offerierung des Weihrauchschiffchens merkte er, daß der abscheuliche Geruch dem Rauchfaß entquoll.

Inzwischen griff sogar bei den ehrwürdigen Klosterschwestern in der ersten Bank Unruhe um sich, ja, empfindliche Gemüter hielten sich sogar die Nase zu, und einige Kinder hüstelten übertrieben. Daraufhin riß die Mesnerin die Kirchentüre sperrangelweit auf, um dem Höllengestank einen möglichst schnellen und ungehinderten Abzug ins Freie zu verschaffen.

In der Sakristei mußte dann der völlig verdatterte Feldbauern-Toni ein gewaltiges, wenn auch nicht unverdientes geistliches Donnerwetter über sich ergehen lassen und wurde vom Herrn Pfarrer höchstpersönlich für ein ganzes Vierteljahr vom angesehenen Rauchfaßdienst suspendiert.

Und für den Hinterhuber Sepperl war die Welt wieder in Ordnung.

Wie der Winzerer Palmesel baden ging

Der hölzerne Palmesel mit der darauf sitzenden Christusfigur gehörte in früheren Jahrhunderten zur Grundausstattung jeder bayerischen Pfarrkirche. Am Palmsonntag wurde diese Figurenkombination in einer feierlichen Prozession durch das Dorf geleitet, um auf diese Weise dem Christenvolk das biblische Ereignis sinnenfällig vor Augen zu führen. Mancherorts diente dieser Palmesel den Ministranten auch als unentbehrliches

Requisit für das Einsammeln der „roten Eier" und anderer nahrhafter Zuwendungen an die „Lausbuben
Gottes".

Wie der Auffahrtschristus und die Taube aus dem
Heiliggeistloch fiel aber auch der Palmesel aufkläreri-
schen „Eselsmetzgern" zum Opfer. Nur in einigen wenigen Pfarreien hat sich dieses kirchliche Brauchtum in
unsere Zeit herübergerettet.

Es mag um die Jahrhundertwende gewesen sein, als
es sich die Ministranten des passauischen Pfarrdorfes
Winzer – wohl der zu erwartenden Reichnisse wegen –
in den Kopf gesetzt hatten, in der heiligen Karwoche
mit ihrem Palmesel auch einen zur Pfarrei gehörigen,
aber jenseits des Stromes liegenden Einödhof aufzusuchen. (Solche ausmärkischen Gebiete verdanken, wie
man weiß, ihre ungewöhnlichen besitzrechtlichen Zu-
gehörungen meist einer der zahlreichen Donauverlage-
rungen früherer Zeiten.)

Als nun die rotberockte muntere Schar mit dem
Foam (Fähre) über die Donau setzte wie weiland der
Raubritter von Hilgartsberg mit seiner verwegenen
Mannschaft, kam ein ausgemachter Fürwitz auf den Ge-
danken, den Herrn Jesus – wie in drei der vier heiligen
Evangelien beschrieben – nicht nur auf dem galiläischen
See Genezareth, sondern auch einmal auf der nieder-
bayerischen Donau über das Wasser wandeln zu lassen,
und zwar – der kirchlichen Festzeit und dem Herkom-
men angemessen – sitzend auf der Eselin.

Es kam, wie es kommen mußte: Wunder lassen sich
nicht beliebig wiederholen, und außerdem war es ja
nicht der Herrgott persönlich, sondern nur sein hölzernes Abbild, das da durch die Fluten pflügte. Denn
kaum hatte man die beiden Figuren dem nassen Ele-

ment überantwortet, begannen sie tiefer und tiefer zu sinken. Durch einen raschen, beherzten Zugriff war schließlich gerade noch die Christusstatue vor dem drohenden Untergang zu erretten, das Reittier dagegen versank in der gerade hier recht reißenden Strömung – lediglich das halbverrottete Zaumzeug blieb in den Händen der verdutzten Ministranten zurück.

Mag sein, daß die Winzerer Eselin damals bis ins Land der Türken geschwommen ist, wo sie vielleicht eines Tages ein frommer Muselmann aus dem Wasser fischte und nicht recht wußte, was er mit dem hölzernen Tier anfangen sollte.

Weihwasser

In Staudach haben sie noch einen jener altmodischen Pfarrer, die seit Jahrzehnten dem Sonntagsgottesdienst das sogenannte Asperges vorausschicken, bei dem der Geistliche, begleitet von einem Ministranten, durch das ganze Kirchenschiff geht, Weihwasser über die Gottesdienstbesucher verteilend, auf dem Hinweg die Männer-, auf dem Rückweg die Weiberseite mit diesem segensreichen Wasser benetzend.

Es ist einer jener schwülwarmen Sommertage, wie sie hin und wieder über dem Land liegen und Mensch und Tier das Wasser aus allen Poren pressen. Gut, daß Sonntag ist und sich die körperliche Anstrengung in Grenzen hält.

Unter den Gottesdienstbesuchern ist auch ein Christ aus Mitteldeutschland, wo sie den angesprochenen heilwirkenden Brauch anscheinend nicht kennen. Als der Herr Pfarrer an ihm vorbeigeht und auch ihn wie die anderen Gläubigen mit Weihwasser besprengt, sagt der Gast so laut, daß es alle Umstehenden hören können: „Danke, danke, sehr aufmerksam, diese Erfrischung!"

Da muß der Herr Pfarrer dann doch ein wenig schmunzeln, und in dieser gehobenen Stimmung sagt er auf der anderen Seite zu einer Urlauberin in einem ziemlich weit ausgeschnittenen Gewand: „Für dös bisserl Wasser hättn S' Eahna fei net so stark ausziaghn braucha…!"

Nach diesen Einleitungen kann auch in Staudach die herkömmliche Liturgie ihren gewohnten Fortgang nehmen.

Der wasserlassende Heilige

Daß ein Wasserschlauch plötzlich undicht wird, hat man schon öfter erlebt. Auch bei einem Faß, das lange Zeit in der Sonne gestanden ist, oder bei einem Kahn, der auf dem Trockenen lag, können sich durch Holzschwund Klumsen und Klüfte auftun, aber daß eine Heiligenfigur…?

Am besten, wir fangen die Geschichte von vorne an. In Allersdorf haben sie den Palästinapilger und Patron heiratslustiger Mädchen St. Koloman als Schirmherrn der Kirche. Als Gegenstück zum Viehpatron Leonhard, dem bayerischen Vizeherrgott, steht er – lebensgroß – auf einer auskragenden Konsole des Hochaltars der Allersdorfer Pfarrkirche. Das heißt, er stand dort bis zum Vorabend des diesjährigen Patroziniumsfestes. Über Nacht aber sind Diebe in die Kirche eingebrochen und haben die Figur mitgenommen. Weil aber nun an diesem Tag auch viele Pilger von auswärts erwartet werden, will der Herr Pfarrer nicht zum Gespött des ganzen Bezirks werden und kommt in der Eile auf keinen besseren Gedanken als den, für den geraubten Heiligen einen Ersatz hinzustellen.

Weil aber so schnell kein barockes Bildwerk dieser Art zu beschaffen ist, dringt der Pfarrer so lange in den Mesner, bis der zusagt, zumindest für die Dauer des Hochamts einen Heiligen darzustellen oder wie man heute sagt, zu doublen. Schnell kleidet man den Mesner mit den barocken Gewändern eines Passionsspiels ein, die im Obergeschoß der Sakristei in einem Schrank lagern, und mit Hilfe einer Leiter (die für Reinigungszwecke hinter dem Hochaltar deponiert ist) klettert der Ersatzheilige an seinen Standort und nimmt die Position seines Vorgängers ein. „Daß di fei ja net rührst ...!" ruft ihm der Pfarrer noch nach.

Das ist natürlich leichter gesagt als getan. Vor allem dann, wenn sich der Gottesdienst in die Länge zieht, wie heute am Patroziniumstag, wo der Kirchenchor eine lateinische Messe singt und am Altar mit Weihrauch nicht gespart wird, jenem alten kirchlichen Stimulans, das sich in ganzen Schwaden im Raum verteilt und alle Sinne in feierliche Stimmung zu bringen beginnt.

Außerdem hat es der Mesner an der Blase. Und je länger der Gottesdienst dauert, um so mehr muß der Pseudoheilige versuchen, die Zähne zusammenzubeißen und sein Körpergewicht von einem Fuß auf den anderen zu verlagern. Schließlich helfen auch diese ganzen barocken Verrenkungen nichts mehr, und es bleibt dem (un)heiligen Koloman nichts anderes übrig, als der Natur ihren Lauf zu lassen.

Nun ist es aber in Allersdorf der Brauch, daß die Wallfahrer nach dem Hochamt ihre Taschentücher in den St. Kolomansbrunnen an der Außenmauer der Kirche hängen und sich damit Stirn und Schläfen netzen – eine Maßnahme, die Kranken Linderung verschaffen und Mädchen einen klaren Blick in Liebesangelegenheiten bescheren soll.

Als sich aber heute nach dem Gottesdienst etwa auf der Höhe des Brunnens an der Außenwand auch auf den Steinfliesen in der Kirche St. Kolomanswasser zeigt, machen sich einige Übereifrige sogleich daran, das heilbringende Naß an Ort und Stelle mit Tüchern aufzunehmen, nicht ahnend, daß so etwas Jahre später ohnedies zu Praktiken medizinischer Therapie werden würde.

Der Allersdorfer Mesner aber kann jetzt ausharren, bis das letzte Wasser aufgewischt ist und die Wallfahrer mangels Masse wieder dem Brunnen an der Außenmauer zusprechen.

Seit diesem Vorfall wird in Allersdorf der hl. Koloman auch als Patron der Blasenschwachen verehrt.

Das verhinderte geistliche Striptease

Fahnen haben eine lange und oft recht ruhmreiche Geschichte. Wohl aus diesem Grund stehen sie bei Vereinen so hoch im Kurs, daß beinahe zu jedem runden Jubiläum ein neues Exemplar dieser ehrwürdigen Zeichen angeschafft wird, das dann in einem aufwendigen Zeremoniell in der Kirche mit Weihwasser und Weihrauch und anschließend im Festzelt mit schäumendem Gerstensaft und Zigarettendunst eingeweiht wird.

Auch in Lauterbach war es wieder einmal soweit. Die bisherige Fahne der Freiwilligen Feuerwehr war schon

arg strapaziert, um nicht zu sagen völlig zerschlissen.
Kein Wunder, wenn man bedenkt, welche Fährnisse sie
in den letzten 25 Jahren zu bestehen gehabt hatte. Kaum
ein Wochenende vom ausgehenden Frühjahr bis zum
beginnenden Herbst, wo sie nicht bei einem der zahlreichen Trachten-, Krieger- oder Sportvereinsfeste der
näheren und weiteren Umgebung mit dabei gewesen
wäre, von den zahlreichen Beerdigungen und Hoch-
zeiten gar nicht zu reden. Sie war von der Sonnenglut
versengt und von plötzlichen Regenschauern ausge-
waschen, von Windböen gebeutelt und von Schnee-
stürmen hergenommen. Das geht natürlich an die Sub-
stanz, und deshalb war sich auch die gesamte Vorstandschaft in seltener Einmütigkeit einig, daß zum
90jährigen Jubiläum eine neue Fahne hermußte, koste
sie, was sie wolle.

Nun gäbe es natürlich viel zu berichten über die diversen Bemühungen, spendierfreudige Sponsoren zu
finden, die früher auch schon einmal dichter gesät waren als heutzutage. Und so ist das erlösende Aufatmen
der Vereinsmitglieder nur allzu verständlich, als sich
überraschenderweise die Jungfrau Philomena Sagstetter bereit erklärte, in Erinnerung an ihren Vater, der über
zwei Jahrzehnte hinweg Kommandant der Freiwilligen
Feuerwehr Lauterbach gewesen war, den weitaus größten Teil der Anschaffungskosten der neuen Fahne zu
übernehmen.

Ähnlich überraschend wie die Finanzierung gestal-
tete sich aber auch der erste Einsatz, der der neuen Fahne noch am Weihetag blühen sollte. Der betagte Pfarrer Urlinger hatte sich nach mehrmaligem Anlauf der
Vorstandschaft dem Wunsch der Freiwilligen Feuerwehr gebeugt und den Festgottesdienst als sogenannte

Feldmesse, das heißt also im Freien zelebriert. Kurz bevor nun die heilige Handlung zu Ende ging und der Herr Pfarrer allen Anwesenden seinen Segen spendete, rissen aus unerklärlichen Gründen seine Hosenträger, und das noch in seiner körperlichen Glanzzeit angeschaffte Beinkleid rutschte so weit nach unten, daß es nicht einmal mehr von den Spitzen der Albe verdeckt wurde, ganz abgesehen von der zu erwartenden Behinderung beim anschließenden Festzug.

Wie aber sollte es Hochwürden in der exponierten Lage auf dem Podium anstellen, vor den Augen der zahlreich anwesenden Honoratioren und der ganzen Pfarrgemeinde, seine Hose wieder in die ihr angemessene Position zu manövrieren?

Da kam der Kommandant Sebastian Kargl, bereits stimuliert durch einige Maß vorgekosteten Festbiers, auf die rettende Idee. Er beorderte kurzerhand sämtliche Fahnenträger zu sich, ließ sie den Herrn Pfarrer einkreisen und gab dann jenes Kommando, das normalerweise nur an frisch aufgeworfenen Gräbern üblich ist, wenn ein Vereinskamerad das irdische mit dem himmlischen Leben vertauscht hat: „Senkt die Fahnen!"

Und während nun im Volk ein großes Rätselraten im Gange war, warum entgegen den sonstigen Gepflogenheiten das Totengedenken schon jetzt auf dem Podium und nicht erst am Ende des Festzugs im Friedhof oder am Kriegerdenkmal stattfand, ging der Herr Pfarrer daran, mitten im dichten Fahnenwald seine Kleiderprobleme mit Bändern und Stricken zumindest provisorisch zu lösen, tatkräftig unterstützt von dem in technischen Dingen außerordentlich versierten Kommandanten Sebastian Kargl.

So hat seinerzeit in Lauterbach auch die Fahne der

ehrengeachteten Jungfrau Philomena Sagstetter dazu
beigetragen, den Herrn Pfarrer vor einem ungewollten
geistlichen Striptease zu bewahren – ein wahrhaft gerechter Lohn für das aufgewendete finanzielle Opfer.

Der Hiaslbauer

Der alt' Hiaslbauer ist immer schon ein Notiger gewesen. Ein paar steinige Felder und ein paar Geißen im
Stall, was läßt sich da schon herausschinden? Nichts!
Das muß jeder sehen, der ein bisserl denken kann. Aber
trotzdem ist der Hiaslbauer immer ein Lustiger gewesen und auch ein frommer Mensch. Das muß ein jeder
sagen, der ihn kennt.

Und so kommt der Hiaslbauer an einem nassen No-
vembertag in den Pfarrhof, hält dem Pfarrer fünf Markstückl hin und sagt: „Hochwürdn, lesen S' a Mess' für
die Armen Seel'n im Fegfeier! Dene is's aa net z'guat!"
Der Pfarrer nimmt die fünf Mark und sagt, wie man halt
so nebenbei sagt: „Hiaslbauer, eigentli kost's ja zehn
Mark. Aber …" – „Macht nix, Hochwürden, macht nix,
nachher lesen S' halt soweit, wia S' mit den fünf Markl
komma."

Der Pfarrer hat dem Hiaslbauern eine schöne ganze
Messe gelesen, und der Herrgott im Himmel hat sie den
Armen Seelen sicher hoch angerechnet – dem Hiasl-
bauern aber auch!

Berechtigte Zweifel

Der Pfarrer von Zinzenzell ist ein gutgläubiger Mensch, wie es sich eben für einen Jünger Jesu geziemt. Deshalb will er auch das Zelebret* gar nicht sehen, das ein durchreisender Konfrater aus dem Gepäck zu kramen beginnt, als der Pfarrer seinem Bruder in Christo ein Nachtquartier anbietet.

„I kenn 's Eahna am Gschau an", sagt er, „daß S' koa geistlicher Hochstapler san!" Und damit ist das Problem gelöst. Zumindest vorerst.

Zum Abendessen gibt es – weil Freitag ist – geräucherte Forellen. Der Herrr Pfarrer und auch die Köchin ermuntern den Gast, tüchtig zuzulangen. Es wären noch genügend da. Doch der reisende Geistliche lehnt dankend ab.

„Aber a Glaserl ‚Liebfrauenmilch' werdn S' doch mittrinken …!" versucht Hochwürden sein Glück ein zweites Mal. Aber auch dieses Angebot findet keine Zustimmung. Schließlich versucht es der Herr Pfarrer noch mit einer Virginia. Doch der fremde Mitbruder beteuert, daß er noch nie in seinem Leben geraucht habe.

Nach einigen Sätzen des Woher und Wohin versucht der Seelsorger den Konfrater noch zu einem Schafkopfspiel zusammen mit der Haushälterin zu überreden. Als der Gast auch hier dankend ablehnt, wird der Herr Pfarrer endlich mißtrauisch. „Wissen S' was", sagt er, „jetzt zoagn S' mir doch zerscht amol Ihr Zelebret …!"

---

* Bescheinigung, die den Inhaber als katholischen Geistlichen ausweist, der berechtigt ist, die Messe zu zelebrieren.

Das Übel von Frauenzell

Bei einem Pfatterer Bauern war einmal eine Magd aus Frauenzell in Dienst. An einem Sonntag war sie zu spät aufgestanden, geriet dann natürlich auch mit der Stallarbeit in Verzug und konnte sich erst während der Predigt in die Kirche drücken. Dort las der Herr Pfarrer den Pfatterern gerade gehörig die Leviten, weil sie – zumindest seiner Meinung nach – zu lange und zu oft am Biertisch hockten und auch sonst allerlei sündhaften Gedanken nachhingen.

Just in dem Augenblick nun, da er von der Kanzel herunter die Frage in das Pfatterer Volk schleuderte: „Und wo kommt dieses Übel her?" war die Magd hereingekommen, glaubte, die Frage wäre an sie gerichtet, und antwortete schuldbewußt: „Von Frauenzell, Herr Pfarrer!"

Eine mißlungene Bier-Predigt

In Penzenried ist nach langen Jahren wieder einmal eine Volksmission. Der Herr Pfarrer hat für seine Honackln drei scharfe Kapuzinerpatres aus einem oberbayerischen Kloster kommen lassen, auf daß sie den Penzenriedern ordentlich einheizen. Vor allem die unselige Wirtshaushockerei der Männer sollte nach dem erklärten Willen des Seelsorgers wenn schon nicht gänzlich abgeschafft, so doch stark eingeschränkt werden.

Der Pater Guardian, der die Standeslehre für die Männer übernommen hat, wettert denn auch nach allen Regeln der Predigtkunst über die Trunksucht und ihre abscheulichen Folgen. Er spart nicht mit aussage-kräftigen Bildern und überzeugenden Beispielen.

„Stellt euch vor", sagt er zu seinen Bauern, „hier stehen zwei Trankeimer, der eine voll Wasser, der andere voll Bier. Und stellt euch weiter vor, ich führte jetzt einen Esel herein. Aus welchem Kübel würde er wohl saufen…?"

„Aus dem mit Wasser!" schreit der Mesner zur Kanzel hinauf. „Sehr richtig!" bemerkt der Prediger erleichtert. „Aber warum, so frage ich, wird der Esel das Wasser bevorzugen?" „Weil er ein Esel ist…!" schreit der Bräu zum rotbarteten Kapuziner hinauf.

Und alle Penzenrieder Männer in den Bänken nicken beifällig mit dem Kopf.

Die Gabe Gottes

Der Dürrwanger Pfarrer ist ein großer Liebhaber, nicht der Frauen, wie jetzt vielleicht einige ketzerische Leser vermuten möchten, sondern ein Liebhaber des edlen Gerstensaftes. Und so ist der geistliche Herr, was nun nicht mehr verwundern dürfte, auf jedem Volksfest der näheren oder auch weiteren Umgebung zu finden.

Heute hält er beim hundertjährigen Gründungsfest der Freiwilligen Feuerwehr Sumersdorf wieder eine seiner bekannten Bier-Predigten:

„Wenn oaner vier Maß trinkt und bloß zwoa verträgt", verkündet er einer andächtig zuhörenden Gemeinde, „nachher is dös a Sünd. Wenn oaner sechs Maß trinkt und bloß zwoa vertragt, nachher is dös a große Sünd. Wenn aber oaner – wia i – acht Maß trinkt, aber

zwölf vertragert, nachher is dös eine Gabe Gottes …!"
Natürlich macht sich da so mancher seine Gedanken darüber, wie ungleich doch die Gaben Gottes auf dieser Welt verteilt sind.

Das Gottesgericht zu Huglfing

Der Pfarrherr von Huglfing ist ein frommer und gerechter Mann und als solcher nicht übermäßig mit irdischen Besitztümern gesegnet. Was er außer seinem baufälligen Pfarrhaus sein eigen nennt, läßt sich leicht an den Fingern einer Hand abzählen: einen auf wackeligen Füßen stehenden Holzschuppen, einen mageren Gemüsegarten, den ein halbverfaulter Lattenzaun vor den Ziegen schützt, und einen kleinen Obstgarten mit ein paar dünnen Bäumchen, die alle heilige Zeiten einmal mit Früchten gesegnet sind.

Mitten in diesem Garten aber steht – wie der Baum der Versuchung im Garten Eden – ein stattlicher Apfelbaum mit weitausladenden Ästen und einer erlesenen Sorte von feinem Tafelobst. Und so ist dieser Baum die einzige materielle Freude des Huglfinger Pfarrherrn, und jeder vergönnt sie ihm, weil er weiß, daß auch die vollkommenste Seele auf Erden ein kleines Abbild der ewigen Freuden des Himmels braucht.

Und trotzdem war und blieb gerade dieser Baum ein Baum der Versuchung. Zwar nicht für den hochwürdigen Herrn Pfarrer, dafür aber umso mehr für die Schulbuben von Huglfing. So blieb es denn nicht aus, daß eines Tages der hochwürdige Herr wieder (zum soundsovielten Male) am eigenen Leib erfuhr, daß sein göttlicher Meister das Wort von den Schätzen, die we-

der Rost noch Motten verzehrten, nicht unbedacht gesprochen hatte –, denn der fruchtbare Apfelbaum stand an diesem Morgen seiner ganzen Zierde beraubt, nackt und bloß in der Mitte des pfarrherrlichen Gartens zu Huglfing. Nur oben in der Krone war ein einziger goldgelber Apfel den Blicken der bösen Buben entgangen wie im Märchen eines der sieben Geißlein den Fängen des räuberischen Wolfes.

Schweren Herzens bestieg also an diesem Tag der Herr Pfarrer die Kanzel. Dabei betrübte ihn nicht einmal so sehr der Verlust des Obstes, als vielmehr die Tatsache, daß sich wieder frevelnde Hände am Gut des Nächsten vergangen hatten, noch dazu in der Nacht vor dem Sonntag. Und so geschah es, daß der bittere Schmerz ob dieser Sündentat gar bald zu heiligem Zorn entbrannte und der Gottesmann den einzigen zurückgebliebenen Apfel nahm, ihn hoch emporhob und so mit diesem stummen Zeugen der ganzen versammelten Gemeinde die ruchlose Tat „ad oculos" demonstrierte.

Es waren aber zu seinen Füßen etliche Leute des Glaubens, diese Freveltat habe ihren Hirten dermaßen erzürnt, daß er jetzt den Apfel auf sie herabwerfen würde, auf daß gleichsam ein Gottesgericht sich abspiele und den Missetäter benennen möge – was denn zu aller Verwunderung auch wirklich geschah, dergestalt nämlich, daß ein Weib aus dem Volk in plötzlicher Angst die Stimme erhob, sie dorthin richtete, wo in der Reihe der Burschen auch ihre Buben sitzen mußten, und mit sich überstürzenden Worten schrie: „Sepperl, Micherl, duckts euch, jetzt wirft er!"

Seitdem soll dieser Baum der Versuchung – so versichern die Huglfinger Bauern – seine verführerische Kraft verloren haben.

Eine ergreifende Predigt

Der Pfarrer Höglmeier von Leutkirchen hat die besondere Begabung, mit seinen Predigten die Herzen seiner Gläubigen auf nahezu wunderbare Weise anzurühren. Solche Charismen (Gnadengaben) hat es natürlich früher auch schon gegeben. Den heiligen Bernhard von Clairvaux zum Beispiel nannte man den „Doctor mellifluus", den Honigfluß-Gelehrten; einer der alten Kirchenväter, der größte Prediger der griechischen Kirche, trug sogar den Namen „Goldmund" (Chrysostomos). Auch dem Franziskaner Berthold von Regensburg sollen im Mittelalter Tausende stundenlang mit größter Aufmerksamkeit zugehört haben.

Der Pfarrer Höglmeier ist ein würdiger Nachfahre dieser Männer, wenn auch noch nicht vom gleichen Bekanntheitsgrad. Weil in diesem Jahr das Fest des hl. Bartholomäus auf einen Sonntag fällt, will er seinen Schäflein einmal aufzeigen, was die Heiligen des Urchristentums wegen ihres Glaubens auszuhalten hatten, und so schildert er ihnen in einer zu Herzen gehenden Predigt das Martyrium dieses Apostels Jesu und späteren Patrons der Steuerzahler, dem man bei lebendigem Leib die Haut abgezogen hatte, in drei eindrucksvollen Stationen: der hl. Bartholomäus mit Haut, der hl. Bartholomäus ohne Haut, die Haut des hl. Bartholomäus allein …

Schon beim ersten Punkt beginnen einige fromme Seelen verstohlen nach dem Taschentuch zu suchen, aber kein Vergleich zu dem, was noch folgen soll. Nahezu die ganze Kirche beginnt zu schluchzen, als der Seelenhirte seinen Schäflein den geschundenen Bartholomäus so ganz ohne Haut vor Augen stellt.

Diese plastische Schilderung führt sogar zu einem psychologischen Rückkopplungseffekt: die Wirkung seiner Worte ergreift den Prediger selbst, so daß auch er mit den Tränen zu kämpfen hat, wie er seine Gemeinde so richtig mitleiden sieht.

Pfarrer Höglmeier hat bereits die Kanzel verlassen, da überkommt es ihn noch einmal; er kehrt um und richtet aufs neue das Wort an seine erschütterten Zuhörer: „Liabe Leut, hörts doch mit 'm Woana auf! Wer woaß, ob die Gschicht überhaupts wahr is …"

Eine notwendige Predigt

Der Pfarrer Obermeier ist noch nicht lange in Tiefenbach. Aber eines hat er schon nach einigen Wochen festgestellt: die Gläubigen seiner neuen Gemeinde nehmen es mit der Wahrheit nicht sonderlich genau. Das beginnt schon bei den Kleinen in der Grundschule und hört am Stammtisch beim Postwirt noch lange nicht auf. Aber wenn der Pfarrer Obermeier eines nicht leiden kann, dann ist es das Lügen. Er beschließt deshalb, seine nächste Predigt über dieses verabscheuungswürdige Laster zu halten. Zur Vorbereitung darauf empfiehlt er seinen lieben Mitchristen, das 25. Kapitel des Lukas-Evangeliums zu lesen.

Am nächsten Sonntag nun tritt der Pfarrer vor seine Gemeinde hin und fragt gleich zu Beginn, wer denn seiner Empfehlung nachgekommen sei und das besagte Kapitel der Heiligen Schrift auch wirklich gelesen habe. Fast alle seiner Pfarrkinder heben die Hände, nur einige wenige lassen sie unten.

„Da seht ihr", sagt Pfarrer Obermeier, „wie notwendig diese Predigt über das Lügen ist! Das Lukas-Evangelium hat nämlich nur 24 Kapitel ...!"

„Herr, laß es donnern!"

In Meidendorf haben sie, nachdem nach vielen Jahren aufreibender Arbeit im Weinberg des Herrn der Herr Geistliche Rat das Zeitliche gesegnet hat, einen neuen Pfarrer bekommen.

Eine der ersten Erfahrungen, die der junge Seelsorger macht, ist die, daß es die Bauern offenbar gewohnt sind, während der Sonntagspredigt ein kleines Nickerchen zu machen. Weil er ihnen dieses Herkommen zu seinem großen Bedauern auch mit einigen homiletischen Kunstgriffen nicht abgewöhnen kann, entscheidet er sich für eine geistliche Roßkur: Er beordert den Mesner insgeheim mit einem kleinen Leiterwagen auf den Kirchenboden, und als am nächsten Sonntag der Mehrzahl seiner Bauern wieder die Augen zugefallen sind, hält er mit seinen exegetischen Ausführungen inne, schickt einen flehenden Blick zum Himmel und ruft inbrünstig: „Herr, laß es donnern, damit die Meidendorfer wieder wach werden!"

In diesem Augenblick erhebt sich zu Häupten der Angesprochenen erst ein dumpfes Rollen, das immer näher kommt, dann ein Rumpeln und Pumpern, daß man meinen könnte, der Jüngste Tag sei angebrochen. Hin und her wogt der Donner, bis er nach einiger Zeit allmählich abzuebben beginnt.

Der Seelenhirte fährt mit seinen Auslegungen und Ermahnungen fort. Weil aber die ersten Schäflein nach einigen Minuten bereits wieder schwach werden und unübersehbare Ermüdungserscheinungen zeigen, schickt der Herr Pfarrer ein zweites Mal die Bitte gen Himmel: „Herr, wecke die Schlafenden!" Und wieder hebt ein Getöse an, noch ärger als zuvor, daß die Bauern die Köpfe einziehen, weil sie befürchten müssen, das Kirchengewölbe stürze hernieder und begrabe den Hirten und die Herde. Mit einem dumpfen Donnerschlag ist plötzlich alles zu Ende.

Der Herr Pfarrer ist, obwohl noch jung, ein Prediger der alten Schule, der vor einer halben Stunde kein Ende findet. Aber seine Schäflein sind diese geistlichen Gewaltmärsche nicht mehr gewohnt und beginnen erneut, in die Gefilde seligen Schlafes hinüberzuschlummern. Da ruft der Herr Pfarrer zum dritten Mal den Himmel um tatkräftige Unterstützung an: „Herr, rüttle meine Gemeinde aus dem Schlaf!" Aber nichts rührt sich diesmal. Händeringend ruft er ein zweites Mal: „Herr, rüttle meine Gemeinde aus dem Schlaf!" Wieder nichts. Erst beim dritten Mal wird plötzlich der Deckel des sogenannten Heiliggeistloches zur Seite geschoben, und eine tiefe brummige Männerstimme ruft herunter: „Herr Pfarrer, es geht nimmer, d' Achs is beim Teifi…!"

Seit dieser Zeit ist der Meidendorfer Pfarrer gezwungen, bei seinen Sonntagspredigten ohne (akustische!) Unterstützung von oben auszukommen.

Der Brief auf der Kanzel

In Oppersdorf haben sie einen neuen Kooperator bekommen. So einen, dem man nach außen hin nicht anmerkt, daß er ein Geistlicher ist. Und weil er auch sonst einer von dieser Welt zu sein scheint, hat er die ganze Woche keine Zeit und läßt sogar des öfteren die Sonntagspredigt ausfallen. Einmal ist es zu kalt, und er will den Gläubigen nicht zumuten, daß ihnen die Zehen abfrieren, dann wieder ist es zu heiß oder es wird im Fernsehen ein wichtiges Fußballspiel übertragen. Kurz und gut, obwohl er nicht auf den Mund gefallen ist, kommt er meistens nicht dazu, sich eine Predigt zurechtzulegen.

Aber heute betritt er wieder einmal – zum Erstaunen aller – die Kanzel. Doch da scheint ihm jemand einen Brief hingelegt zu haben. Er reißt den Umschlag auf und liest die aus Zeitungsbuchstaben zusammengeklebten Wörter *Mietling/Abtrünniger*.

Weil einige diesen Vorgang aus nächster Nähe miterlebt haben, vielleicht sogar etwas davon wissen, stellt sich der Kaplan hin und sagt geistesgegenwärtig: „Ich habe schon öfter Briefe bekommen, auf denen die Unterschrift fehlte. Hier haben mir zwei einen Brief geschrieben, der besteht im Gegensatz dazu nur aus den beiden Unterschriften …!"

Das fehlende Blatt

Der bischöfliche Geistliche Rat Ignaz Ruckdeschl ist in einem Alter, in dem man sich als weltlicher Beamter schon längst zur wohlverdienten Ruhe gesetzt hätte, aber die Kirche Gottes hinkt notgedrungen auch in diesem Punkt hinter den Kindern dieser Welt her, und außerdem ist das priesterliche Amt nicht von der Art, daß man es so mir nichts, dir nichts an den Nagel hängen könnte, wie das vielleicht ein Steueroberinspektor zu tun vermag.

Deshalb liest der Herr Geistliche Rat auch noch mit 85 Jahren jeden Werktag die heilige Messe und hält am Sonntag seinen Gottesdienst mit Predigt; weil ihm aber sein Gedächtnis nicht mehr so zu Diensten ist wie einem Jungen, muß er sie mehr oder minder vom Blatt ablesen. Kenner freilich bewundern noch immer den Bilderreichtum seiner Sprache und die gediegene theologische Aussage in seinen Homilien.

Heute hat er wieder einmal bei Adam und Eva angefangen, scheint aber dann beim Umblättern zwei Blätter seines Manuskripts auf einmal erwischt zu haben, denn der aufmerksame Zuhörer kann aus dem Lautsprecher den Satz hören: „Da sagte Eva zu Adam:" – und etwas verhaltener, aber auch erstaunter –: „Da fehlt ja ein Blatt ...!" – worauf diejenigen Kirchenbesucher, die bei der Sache sind, ein leichtes Schmunzeln nicht verbergen können.

(K)ein Kunststück!

Benefiziat Haberzettl von Stadldorf ist keiner von den selbstbewußten Ökonomiepfarrern, wie sie im Gäuboden draußen zu finden sind. Klein von Gestalt und immer ein bißchen scheu um sich blickend, so kennen ihn seine Schäflein, titulieren ihn aber trotzdem respektvoll als „Herr Pfarrer" – und das mit Recht, denn schließlich müht er sich mehr als mancher seiner Kollegen im Weinberg des Herrn ab.

An diesem Sonntag hat er kurz vor dem Gottesdienst seine Predigtvorbereitung verlegt und kann sie beim besten Willen nicht mehr finden. Das macht den geistlichen Herrn noch nervöser als er ohnedies schon ist. Kein Wunder, daß er sich deshalb beim Evangelium verliest: „Christus speiste mit 5000 Broten fünf Leute …“

„Kunststück“, schreit der Bräuwirt ungestüm in die Kirche hinein, „dös kann i aa …!“

Dem Herrn Benefiziaten ist das peinlich, und am nächsten Sonntag entschuldigt er sich vor der ganzen Gemeinde und stellt den heiligen Text richtig: „Unser Herr speiste natürlich mit fünf Broten 5000 Leute …“

Aber da schreit der Bräuwirt wieder vor: „Kunststück, dös kann i aa!“

Der Pfarrer ist jetzt vollends aus dem Konzept gekommen und läßt daraufhin sogar die Predigt ausfallen. Nach dem Gottesdienst erkundigt er sich beim Wirt, was er denn dieses Mal falsch gemacht habe.

„Ja mei, Herr Pfarrer“, meint der, „i moan halt, daß dös nix Bsonders is, mit fünf Brot 5000 Leut abspeisn. Es san ja am letztn Sonntag 4995 übrigbliebm …!“

Zehn Prozent wären auch schon etwas!

Der Herr Pfarrer Hintermeier von Vorderbuchberg geht bereits auf die Mitte der Achtziger zu, und da kommt es verständlicherweise hin und wieder vor, daß er mitten in einem altvertrauten Text steckenbleibt oder sich gelegentlich verspricht, ohne daß es ihm selber auffällt.

So hat er heute das Sonntagsevangelium von der Speisung der 5000 am Ufer des Sees Genezareth (Mt. 14, 19 – 21) vorgetragen, aber versehentlich von nur 500 Gesättigten gesprochen.

Seine Pfarrschwester, ein über die Maßen ordnungs- und wahrheitsliebendes Geschöpf, geht deshalb gleich zu ihm an den Ambo und weist den Herrn Pfarrer dezent und so diskret wie nur eben möglich auf diesen Versprecher hin.

„San S' staad", beruhigt sie der Herr Pfarrer in seiner gütigen, abgeklärten Art, „i waar ja scho froh, wenn s' mir wenigstens die 500 abnahmertn …!"

O, diese vermaledeiten Versprecher!

Es muß im Superwahljahr 1994 gewesen sein, als alle Zeitungen voll waren von Wahlkampfparolen, -programmen, -prognosen, Erklärungen und Dementis. Da unterlief dem Herrn Pfarrer bei einem Sterberosenkranz eine Freudsche Fehlleistung. Statt „O Herr, gib allen Abgeschiedenen die ewige Ruhe!" betete er: „O Herr, gib allen Abgeordneten die ewige Ruhe!" Ein Witzbold, der den Versprecher gleich bemerkt hatte, respondierte dann laut und für alle vernehmlich: „… und das elektrische Licht leuchte ihnen …!"

Ein anderer Pfarrer (aus der Gegend um Pfaffenhofen) sagte einmal in einer Maiandacht statt „O Maria, du Schutzfrau von Bayern": „O Maria, du Putzfrau von Scheyern!"

Ein Krankenhausseelsorger soll sich beim Weihnachtsevangelium des Lukas folgendermaßen verbetet haben: „Diese Aufzeichnung fand statt unter Quirinus, dem Stammhalter von Sibirien (Statthalter von Syrien!), als Pontius Pilatus Krankenpfleger (Landpfleger!) von Judäa war …" Ein anderer begann das Matthäus-Evan-

gelium mit den Worten: „Baumstamm (statt Stamm-
baum) Jesu Christi, des Sohnes Davids ..."

Bei der Firmung in einer Marienkirche soll ein Pfarrer angesagt haben: „Wenn der Bischof ausgezogen ist,
singen wir ‚Maria, breit den Mantel aus!'" Einer seiner
Mitbrüder sprach einen ehrenden Nachruf auf den
langjährigen Bürgermeister des Ortes: „Ungebeugt
durch die Last der Jahre versah er sein Amt bis zuletzt
gewissenhaft ..." Manche von den Zuhörern verstanden
aber: „Ungebeugt durch die Lasterjahre ..."

Bei einem Brautunterricht soll einmal die in Kate-
chismusfragen wesentlich beschlagenere Braut ihrem
Zukünftigen die richtigen Antworten „eingesagt" haben. Zum Beispiel auf die Frage, was denn Engel seien:
„Pure Geister, die keine Leiber haben"; der Bräutigam,
etwas schwerer von Begriff, respondierte allerdings:
„Bürgermeister, die keine Weiber haben." Und auf die
Frage, wo die in der Bibel erwähnte Hochzeit stattge-
funden habe, antwortete das Mädchen: „In Kana, in Ga-
liläa"; der junge Mann dagegen glaubte vernommen zu
haben: „In der Kammer, Halleluja!"

Abschiedsworte

Der Pfarrer Ruckdeschl ist schon an die 15 Jahre in
der Gemeinde Grasling und will sich jetzt verändern.
Nicht, weil ihm die Graslinger zuwider wären, im Gegenteil! Er hat immer gut mit ihnen zusammengearbei-
tet. Aber ein Wechsel soll manchmal ganz angebracht
sein, sagt man, sowohl für die eine als auch für die andere Partei. Daß ihn allerdings der Herr Generalvikar

gerade für den Posten eines Gefängnisseelsorgers auserwählt hat…, nun ja, die Wege des Herrn sind eben unerforschlich.

Der Pfarrer Ruckdeschl hält also den Graslingern seinen Abschiedsgottesdienst. Das Evangelium dieses Sonntags ist aus Joh. 14,2 genommen, in dem es heißt: „Ich gehe hin, euch eine Stätte zu bereiten…" Die Graslinger meinen natürlich, das Thema hätte der Herr Pfarrer, dem sie so manches zutrauen, absichtlich so gewählt. Wer weiß. Trotzdem lassen sie ihren Hirten nur ungern ziehen. Denn gerade weil er einen Spaß versteht und auch sonst das Herz auf dem rechten Fleck hat, mögen sie ihn. Er weiß das auch, und deshalb versucht er, sie zu trösten: „… aber vielleicht kommt was viel was Besseres nach!" sagt er.

„Mei, dös hat Ihr Vorgänger seinerzeit aa scho versprochen…!" sagen die Graslinger.

Jetzt sind sie wieder quitt, der Pfarrer Ruckdeschl und seine Gemeinde.

Leichenpredigten – preislich gestaffelt

Eine besondere Stellung in der bayerischen Homiletik (Predigtlehre) nehmen die Leichenpredigten ein. Für sie soll einmal ein Pfarrer – wie u. a. Lia Braun-Hilger erzählt – folgende „Preisliste" aufgestellt haben:

„Wissn S', dö um zeha Mark, dö is net vuj wert. Da ratert i Eahna ab davon. Dö gfallt mir selber net. Da woanen höchstns die tieftrauernde Witwe und dö kloana Kinder.

Dö um zwanzg Mark, dö geht scho eher. Dö is net unebn. Vuj springt zwar bei derer no net raus; das kann ma um dös Geld aa net verlanga. Aber dö nächstn Verwandtn, dö woana da scho ganz schö!

Die Red um vierzg Mark, die is prima. Da wenn i mi richtig ins Zeug leg, da muaß i mi nachher selber a paar Mal unterbrecha, weil 's ganze Dorf a so woant, daß mi koa Mensch mehr verstehert. Die Red kann i Eahna mit guatm Gewissn empfehln. Mit der verkaafa S' Eahna bestimmt net!

Natürli is da no koa Vergleich zu der um fuchzg Mark. Bei der druck i drauf, daß 's grad a so staubt. Und rotzn tan da d' Leut …! Da macha S' Eahna koan Begriff, wia vuj Tempo-Schneuztüachl da draufgengern! Und af d' Letzt woan i nachher selber aa no mit. Als Dreingab sozusagn …"

„Totengedenken" in Degernbach

Nicht nur die Weihnachtstage, sondern auch Silvester und Neujahr bringen für einen Seelsorger eine spürbare Mehrbelastung mit sich. Es ist deshalb nicht verwunderlich, daß sich der Degernbacher Pfarrherr, der weiß Gott nicht mehr zu den Jüngsten zählt und auch nicht mehr allzu gut bei Stimme ist, für diese Tage nach einer Aushilfe umgesehen hat.

So hält also am 31. Dezember der Pater Ephraim vom nahen Prämonstratenserkloster die Jahresschlußandacht mit dem anschließenden Totengedenken, bei dem seit Jahrhunderten die Namen der im vergangenen Jahr in die ewige Heimat abberufenen Pfarrangehörigen von der Kanzel verlesen werden.

Zur Freude der Pfarrei hält sich auch der Pater Ephraim an das alte Herkommen und liest die entsprechenden Namen mit lauter und doch getragener Stimme aus dem Buch, das ihm der Herr Pfarrer zu diesem Zweck ausgehändigt hat:

> „Achatz Benedikt,
> Bergmeier Johann,
> Brunner Franz-Xaver ...“

Da greift in den Kirchenstühlen Unruhe um sich. Aber der Herr Pater auf der Kanzel merkt das nicht und fährt fort:

> „Gruber Katharina,
> Niedermeier Ignaz ...“

Die Unruhe im Kirchenraum wird zusehends größer. Der Herr Pater, inzwischen darauf aufmerksam geworden, kann sich das nicht anders erklären, als daß die Anteilnahme am Ableben der Mitbrüder und Mitschwestern der Degernbacher sich auf solche Weise äußere.

Erst als der Herr Pater den letzten Verstorbenen auch noch vorgelesen hat, kommt der Herr Pfarrer aus der Sakristei, stellt sich mit beschwichtigenden Gesten an die Kommunionbank und richtet sein Wort an den Herrn Confrater.

„Herr Pater“, sagt er, „da müssen S' heut früh im Pfarrhof das Buch verwechselt haben! Das sind nicht die Verstorbenen, die Sie vorgelesen haben, das sind nur die, die ihr Kirchgeld noch nicht bezahlt haben!“

Dem Degernbacher Mesner aber scheint es, als husche bei diesen Worten ein verschmitztes Lächeln über das Gesicht seines Pfarrers.

Ein plausibler Grund

In Oppersdorf haben sie einen neuen Pfarrer bekommen, einen bibelkundigen Mann, wie man hört. Nachdem er sich im gründlich renovierten Pfarrhof eingerichtet und sich beim Bürgermeister und in der Schule vorgestellt hat, beginnt er auch beim christlichen Fußvolk mit den Hausbesuchen, um gleich zu Beginn seiner Amtszeit den Dialog mit den ihm anvertrauten Schafen aufzunehmen. Dort, wo er niemanden antrifft (oder ihm aus anderen Gründen nicht aufgetan wird), steckt er eine Visitenkarte in den Türspalt, auf die er unter seinen Namen ein Bibelzitat aus der Geheimen Offenbarung des Apostels Johannes geschrieben hat: „Siehe, ich stehe vor der Tür und klopfe an. Wenn jemand meine Stimme hört und mir öffnet, will ich bei ihm einkehren" (Offb. 3,20).

So geschieht es auch in der Oppersdorfer Gartensiedlung vor dem Eigenheim des Fräuleins Niedermüller, einer attraktiven, aber noch alleinstehenden Grundschullehrerin. Als am darauffolgenden Sonntag der Herr Pfarrer die Kirche verläßt, geht das Fräulein Niedermüller schnurstracks auf ihn zu und drückt ihm ihre Visitenkarte in die Hand, auf der der handschriftliche Zusatz steht: Gen 3,10.

Der Herr Pfarrer ahnt den Inhalt dieser Bibelstelle, will sich aber zu Hause doch noch einmal vergewissern und findet im Alten Testament tatsächlich die vermutete Aussage: „Dein Herannahen hörte ich im Garten und fürchtete mich, denn ich war nackt, und deshalb versteckte ich mich ..."

Seit diesem Vorfall soll der Herr Pfarrer die Sache mit den Visitenkarten aufgegeben haben.

Mit den Worten der Bibel

Der Herr Pfarrer lädt zu seinem 50. Geburtstag die Katholische Landjugend ein, mit der er schon oft in geselliger Runde beisammengesessen ist, aber auch schon manchen Strauß ausgefochten hat.

Es gibt verschiedene belegte Brote, Käsehäppchen, Kanapees – wie das eben heute so der Brauch ist. Neben Wasser und diversen Säften hat Hochwürden aus diesem Anlaß auch einige Flaschen Meßwein zweckentfremdet. Weil das – wie nicht anders zu erwarten – kein schlechter Tropfen ist, findet er mehr Zuspruch als gedacht und geht schneller zur Neige, als dem Herrn Pfarrer lieb ist.

Den Gastgeber direkt daraufhin anzusprechen, traut sich denn freilich doch niemand. Offensichtlich ist aber unter den jungen Leuten ein bibelkundiger Mensch, der mit Worten der Heiligen Schrift versucht, die Lage zum Besseren zu wenden; denn auf einmal liegt vor dem Herrn Pfarrer ein Zettel mit einem Zitat aus dem Evangelium über die Hochzeit zu Kana: „Herr, sie haben keinen Wein mehr!" (Joh. 2,3)

Der Herr Pfarrer liest die Botschaft, weiß aber auch um seine Verantwortung, und schreibt deshalb einen anderen Vers darunter und schickt das Stück Papier wieder zurück. Sein Absender findet zu seiner Verwunderung einen Satz aus dem gleichen Evangelium: „Geht und füllt die Krüge mit Wasser!" (Joh. 2,7)

Der Ochse auf dem Kasernenhof

Auf dem Tangrintl (in der südwestlichen Oberpfalz) ackerte einmal ein Hemauer Stadtbäuerlein seine mageren Felder, und als er fertig war, ließ er seinen Ochsen auf der nahegelegenen Wiese noch ein wenig grasen, auf daß auch er nach des Tages Arbeit und Mühen ein bißchen Freude fände.

Als unser Bauersmann, ebenfalls müde geworden von der Last des Tages, bald darauf am Feldrain einnickte, spürte der Ochse keinen Herrn mehr und machte sich allein auf den ihm vertrauten Heimweg; der führte ihn an der Kaserne der dort stationierten Artillerie-Einheit vorbei, und weil ihn nach der ausgiebigen Mahlzeit der Hafer stach, leistete er sich einen Abstecher, spazierte seelenruhig über den Kasernenhof und hielt schnurstracks auf das Stabsgebäude zu. Der wachhabende Unteroffizier sah vom Wachlokal aus das unmilitärische große Tier und mobilisierte umgehend eine übende Truppe, die mit sanfter Gewalt das Hornvieh aus dem Kasernenhof drängte.

Nun war aber damals auch ein Theologiestudent unter den Rekruten, ein bibelkundiger Mann, der für jede sich bietende Gelegenheit einen dazu passenden Bibelspruch parat hatte. Da auch er Zeuge des nicht alltäglichen Schauspiels wurde, frotzelte ihn der Hauptmann und meinte: „Darauf wissen Sie aber jetzt keinen Bibelvers!" „O doch", konterte der angehende Geistliche, „Johannes 1,11". Und als der Offizier ungläubig schaute, zitierte der Theologe schlagfertig: „Er kam zu den Seinigen, doch die Seinigen nahmen ihn nicht auf …"

Nahrhafte Bibelsprüche

Der Paintner von Painten ist einer der größten Bauern im ganzen Gäu. Und er weiß, was er diesem Ansehen schuldig ist. Ein paar Tage nach Weihnachten lädt er deshalb die Honoratioren des Dorfes zu einem Spanferkelessen ein: den Herrn Pfarrer, den Förster und den Herrn Hauptlehrer.

Der Paintner ist aber nicht nur ein gutsituierter Ökonom, sondern auch ein Witzbold, und deshalb hat er sich für diese Veranstaltung etwas einfallen lassen.

Wie die Spansau schön braun und knusprig auf dem Tisch liegt, verkündet der Gastgeber, daß *der* sich als erster ein Stück abschneiden dürfe, der ein entsprechendes Bibelwort dazu wisse. Da ist natürlich der Herr Pfarrer im Vorteil, aber jeder gönnt es ihm, weil er weiß, daß bei dem Trumm Spansau keiner leer ausgehen wird.

Der Herr Pfarrer stellt sich auch gleich in Positur und deklamiert: „Lukas 22,50: Einer der Jünger zog sein Schwert und hieb ihm das rechte Ohr ab." Daß es nicht bei dem Ohr bleibt, sondern auch noch ein Stück Wange daran glauben muß, ist nicht weiter schlimm.

Als nächster drängt sich der Förster vor, verkündet (freilich ohne Belegstelle): „Johannes wurde enthauptet" und trennt als Waidmann fachgerecht den Kopf vom Rumpf.

Jeder wartet nun auf den Lehrer. Der überlegt eine Zeitlang, dann hüstelt er: „Er nahm den Leichnam, wickelte ihn in ein Linnentuch und ging von dannen." Kaum gesagt, hat er auch schon das Tischtuch über die restliche Spansau geworfen und ist zur Tür hinaus.

Ein bibelfester Einbrecher

oder *Latein ist keine tote Sprache!*

Der Pfarrer Kürzinger von Allersdorf ist eine Aus-
nahme unter seinen geistlichen Mitbrüdern. Er hat seine heruntergekommene Pfarrkirche mit einem nicht ge-
ringen Kostenaufwand vorbildlich restauriert (das haben allerdings andere auch!), er selber aber haust mehr
schlecht als recht in einem altersschwachen baufälligen
Pfarrhof (und hier liegt eben der Unterschied!).

Nun sammeln sich zwar in solch einem Pfarrhaus
nicht gerade übermäßig hohe Geldmengen an, aber hin
und wieder wäre denn doch der eine oder andere Tausender wegzusperren. Und gerade das kann man in besagtem Pfarrhof nicht. Der Pfarrer Kürzinger ist deshalb auf die glorreiche Idee gekommen, als vorüberge-
henden Aufbewahrungsort für den schnöden Mammon
einen alten ausgedienten Tabernakel in seiner Pfarrkirche zu verwenden. Dieser Safe ist in die Kirchenmauer
eingelassen, besteht aus massivem Material, hat ein re-
spektables Schloß und böte darüber hinaus Platz für das
Hundert-, wenn nicht gar das Tausendfache an Geld-
scheinen. Ein wenig unpassend für den neuen Verwen-
dungszweck wirkt lediglich die lateinische Inschrift:
DOMINUS HABITAT IN ISTO LOCO (An diesem
Ort wohnt der Herr). Aber wer von seinen Pfarrkin-
dern beherrscht schon noch diese alte Sprache, die sogar in der Kirche selber immer mehr in Vergessenheit
gerät?

Als der Pfarrer Kürzinger am Dienstag nach Ostern
diesem zweckentfremdeten Tabernakel die darin ver-
wahrte Allersdorfer Misereor-Kollekte entnehmen will,

um sie an die Liga-Bank zu überweisen, findet er zu seinem Entsetzen das Behältnis erbrochen und an Stelle der Geldscheine nur einen ganz ordinären Zettel mit der Aufschrift: NON EST HIC. SURREXIT! (Er/es ist nicht hier. Er/es ist auferstanden!)

Da soll noch einer sagen, Latein sei eine tote Sprache, wenn sie sogar schon Ganoven bei ihren Beutezügen verwenden!

Die Schnupftabaksdose des Pfarrers

Der Simon Sagstetter von Amosried ist ein großer Schnupfer vor dem Herrn. Das kommt wohl daher, daß der Simmerl als Viehhändler sozusagen von Berufswegen zum Schnupfen gehalten ist; denn ein jeder, der ein bißchen Verstehstmich hat, kann sich ausrechnen, daß ein Geschäft, daß eine in vielen Wenn und Aber erstickende Handelschaft nach einer Prise Schmai mit einemmal ganz anders aussieht, woraus sich wieder mit zwingender Folgerichtigkeit ergibt, daß die Schnupftabaksdose zu einem rechtschaffenen Viehhändler gehört wie das Brevier zu einem Geistlichen – was selbstverständlich nicht heißen soll, daß ein Pfarrer nicht auch schnupfen dürfe, gibt es doch nicht wenig geistliche Herren, die in der einen Rocktasche das BREVIARIUM ROMANUM und in der anderen die Schnupftabaksdose mit sich herumtragen. Der Pfarrer Solleder von Bernried zum Beispiel ist einer von ihnen. Und gerade zu ihm kommt eines Sonntags, kurz nach Ostern, der Sagstetter Simon, um seiner österlichen Pflicht wenigstens noch im nachhinein zu genügen, weil auch ein Viehhändler ein Christenmensch ist, wenn auch in vielerlei Dingen anfälliger als ein gewöhnlicher Gläubiger.

Wie nun der Sagstetter im Bernrieder Beichtstuhl gerade seine Sündenlast in kleineren und größeren Portionen los wird, sieht er neben dem Stoß Beichtzetteln, die dem Pfarrer noch übriggeblieben sind, auch eine schön verzierte Schnupftabaksdose liegen.

„Bluat von der Katz! Dös is a Dusn!" denkt sich der Simmerl, und schon hat er sie – während er seinem Beichtvater eine ziemlich undurchsichtige Handelschaft mit dem Sponfeldner von Ed auseinanderlegt – ein Stück näher zu sich herangezogen.

Als er dann mit seinem Bekenntnis zum Schluß kommt und der Herr Pfarrer sich anschickt, seinem reuigen Sünder eine entsprechende Buße aufzugeben – die Dose hat in der Zwischenzeit ihren Besitzer gewechselt – flickt der Sagstetter so nebenbei ein: „... und no was, Hochwürdn, a Schnupftabaksdosn hab i a amaal gstohln!"

„Ja, aber die muaßt zruckgebn, sonst kann i di net absolviern!" sagt der Pfarrer.

„Und muaß i dö wirkli wieder zruckgebn?" fragt der Simmerl treuherzig, „wissen S', dös is nämli a recht a schöne Dusn!" „Auf jeden Fall!" wirft der Pfarrer, jetzt schon ein bißchen ungeduldig, ein. Der Simmerl überlegt ein wenig, dann sagt er: „Geh, Hochwürdn, nehmen Sie s'! Warten S', i gib s' Ihnen!" „Nana! I nimm s' net, dö muaßt scho du abliefern!" unterbricht der Seelsorger die guten Regungen im Herzen seines Beichtkindes.

„Ja", meint der Simmerl und lacht dabei auf den hinteren Stockzähnen, „i wollt eahm s' scho gebn, dem i s' gnommen hab, aber der mag s' nimmer!"

„So, der mag s' nimmer?" sagt der Pfarrer und ist froh,

daß er nun auch diese Sache bereinigen kann, „dös is dann was anders, wenn er s' nimmer mag – dann darfst sie freilich bhaltn, die Schnupftabaksdosn…!"

„Da schau her!" wundert sich der Pfarrer Solleder, als er den Sagstetter Simmerl in den Frieden Gottes entlassen hat, „Vergelts Gott sagt der am Schluß? Dös sagn doch sonst bloß meine Klosterschwestern…"

„Wo bleibt der Sohn?"

Ein kleines Mißverständnis

In Degernbach ist Volksmission. Nach den Vorstellungen des Herrn Pfarrers und der Herrn Missionare soll die ganze Pfarrei an diesem geistigen Frühjahrsputz teilnehmen. Jung und alt, arm und reich. Im Sommer wäre so etwas natürlich nicht möglich. Jetzt im Auswärts ist die richtige Zeit – auch wenn das Wetter nicht gerade zum besten ist. Aber Bauernleute sind es gewohnt, selbst mit den schlechtesten Wegverhältnissen zurechtzukommen.

Die Bachmeierin von Einfürst hatscht also mit ihrem Buben, dem Xari, den langen Weg über den Joglhof und den Weinberg ins Pfarrdorf. Der Bub ist guter Dinge, drücken ihn ja noch keine größeren Probleme, und so hopst und springt er lustig und übermütig dahin. Da – patsch! – ist er auch schon auf dem glitschigen Boden ausgerutscht und liegt im Dreck! Die braune Brühe läuft ihm über seinen Sonntagsanzug, und ein Loch hat sie auch, die heute morgen frisch gebügelte Hose.

Die Bachmeierin schimpft und mamst und schickt den Buben auf der Stelle nach Hause, denn in so einem

Aufzug kann man sich ja in der Kirche nicht sehen
lassen!

Als sie in Degernbach in den Beichtstuhl tritt, ärgert
sie sich immer noch und ist entsprechend aufgeregt.
Deshalb unterläuft ihr schon beim Kreuzzeichen ein
Fehler: „Im Namen des Vaters und des Heiligen Gei-
stes!" sagt sie. Der Herr Pater, dem die Reihenfolge der
drei göttlichen Personen schon seit Jahrzehnten in
Fleisch und Blut übergegangen ist, frägt deshalb zurück:
„Wo hast du denn den Sohn gelassen, gute Frau?"

„Mei, Herr Pater", verteidigt sich die Bachmeierin,
„den wenn S' gseghn hättn, da hätt sogar am Mannerleut graust. Den hättn Sie aa af der Stell hoamgschickt,
sogar d' Hosn hat er si zrissn – weil er scho net afmirkt
aa …!"

Da hilft kein Mittel mehr!

Der Staudinger Sepp von Iglhaft ist einer von denen,
die einen großen Hof haben, aber nicht das nötige
Gschick, ihn richtig zu bewirtschaften. Einmal fehlt 's
da, dann wieder dort, „und niemals is nix Rechts".

Das größte Unglück hat sich der Staudinger selber
aufgeladen, wie er im vorigen Jahr die Kauschinger
Nann gheirat hat. Vorher hat sie ihm recht zuckersüß
getan (und weiß Gott, das hat der Sepp gut vertragen!)
und hernach ist sie hantig worden wie ein saurer Holz-
apfel.

Wenn der Sepp „hot" mögn hätt, dann hat sie „wi-
sta" gsagt, grad mit z' Fleiß. Hat der Sepp gsagt: „Heit
gehn mer ins Hojz", nachher hat d' Nann an Rechn
gnommen und is auf d' Wies. Der Sepp hat si d' Schneid

erst gar net lang abkafa lassn braucha, denn er hat von Anfang an scho koane mehr ghabt. Nach außn hin hätt mer moana könna, er hätt si in sei Schicksal ergebn – aber wer dös glaubt hat, der hat si täuscht; denn gwurmt hats 'n Seppn inwendig. Bloß hat er 's net an jedm zum Erkenna gebn. Aber allerweil hat er sinniert, wia er dem Ding an andern Furm gebn könnt.

In der Osterzeit hat er nachher dem Herrn Pfarrer sei Leid klagt. Aber der hat an Sepp kennt und hat d' Nann kennt und hat gwißt, daß der Sepp allerweil den kürzern ziahgt – weil ja d' Nann d' Hosn oghabt hat – und hat also gsagt:

„Mei, Sepp, da hujft sinst nix, wia daß d' der Nann vergibst, verstehst, immer wieder vergebn, dös is oanzige, was d' macha kannst; sinst kannst da nix macha. Dö muaß ihrn Eignsinn und ihre Hartherzigkeit scho no amoj büaßn!"

Nach ana Zeit trifft der Herr Pfarrer den Staudinger Seppn, wia er grad a Kajbi zum Metzger fahrt.

„No, wia gehts, Sepp?" fragt er vorsichtig an.

„O mei, Hochwürdn, i wollts eigentli bhaltn und abnehma, dös Betzerl, aber d' Nann hat 's 'm Winterl-Metzger verkaaft …"

„No ja, is aa net dös schlechter. Kriagst an Batzn Göid dafür!" „Ja, d' Nann moanst! – Du, und was d' ma daselmst gsagt hast, vom Vergebn, dös hab i probiert, mit Ratzngift, dreimoj, aber da hat 's mer nachher erst schlecht ganga, kann i dir sagn! Dös Luada, dös hat ja a solchene starke Natur, dös wird mer einfach net hi …!"

Die Sache mit dem Beichtzettel

Der Florian Sagstetter hat einen mordsmäßigen Grant auf seinen Pfarrer. Weil es wahr ist: Verkauft ihm doch der ein dampfiges Roß und sagt, daß ihm nichts fehlt. Wenn das ein Viehhändler macht, ist es ausgschaamt. Aber wenn das ein geistlicher Herr tut! Nicht zum Ausdenken. Sündn soll er sich fürchten, der Herr Pfarrer Nierlinger!

Seit dieser betrügerischen Handelschaft geht der Sagstetter nicht mehr zum Beichten. Nicht einmal an Ostern, wo doch jeder Christenmensch in der heiligen Zeit dieser Pflicht Genüge tun muß. Schon allein deshalb, weil es hernach beim Beichtzettelsammeln offenkundig wird, wenn einer nicht war. Deshalb geht der Pfarrer Nierlinger nach altem Brauch mit dem Mesner in den Wochen nach Ostern in seiner Pfarrei zum Beichtzettelsammeln, von einem Haus zum andern.

Der Sagstetter hat schon auf diesen Tag gewartet. Als er die zwei den Gangsteig zu seinem Hof heraufkommen sieht, läßt er gleich den Tyras ab. Der Tyras ist ein scharfer Hund, den der Sagstetter schon deshalb braucht, weil sich in der letzten Zeit immer mehr lichtscheues Gesindel in der Gegend herumtreibt.

Weil sich der Tyras gar so wild aufführt, bleiben die beiden denn auch in respektvoller Entfernung stehen und beschließen, zuerst noch den anderen Hofstätten des Weilers ihren Besuch abzustatten.

Als sie nach einer guten halben Stunde wieder auf den Sagstetterschen Hof zurückkommen, gebärdet sich der Hund noch immer wie der Zerberus der alten Griechen. Da bleibt ihnen nichts anderes übrig, als unverrichteter Dinge den Rückzug anzutreten.

Aber so ohne weiteres kann der Pfarrer Nierlinger den Sagstetter nicht von seiner Liste streichen, denn wie jedermann in der Heiligen Schrift nachlesen kann, ist sein Herr und Meister gerade den verlorenen Schafen nachgegangen.

So sieht der Sagstetter eine Woche später die beiden geistlichen Würdenträger wieder auf sein Haus zukommen. Aber kurz bevor sie in den Hof einbiegen, riegelt der Bauer seine Bienenstöcke auf, daß die Impn in dichten Wolken wie wild in der Gegend herumsurren. Der Sagstetter verschwindet dann schnell im „Häusl" und sieht aus der herzförmigen Öffnung belustigt dem Angriff seiner Bienenvölker zu. Fluchtartig und die ganze Zeit wild um sich schlagend ergreifen die beiden das Hasenpanier, laut vor sich hinschimpfend, der Mesner fluchend, der Pfarrer (aus verständlichen Gründen) nur lamentierend.

Am nächsten Sonntag steht der Pfarrer Nierlinger mit verschwollenem Gesicht auf der Kanzel und wettert über die Hartherzigkeit und Lieblosigkeit der Bauern, die sich sogar in ihrem Verhalten unschuldigen Tieren gegenüber zeigen. Der Sagstetter dagegen lächelt in seinem Kirchenstuhl vor sich hin und nimmt sich eine extra große Prise Schnupftabak aus seiner Dusn.

Der Bäuerin aber ist das renitente Verhalten ihres Mannes gar nicht recht. Sie dringt so lange in ihn, bis er sich schließlich bereit erklärt, in die Stadt zu den Karmelitern zu gehen, um dort im nachhinein – zusammen mit den Roßdieben, wie man so sagt – das Sakrament der Buße zu empfangen.

Der Sagstetter kommt von dieser Reise mit einem Mordstrumm Rausch heim. Aber wenigstens einen Beichtzettel hat er. Was er natürlich seiner Bäuerin nicht sagt, ist, daß er dieses wichtige Stück Papier in der Goldenen Gans für (im wahrsten Sinn des Wortes) sündteures Geld von einem auf solche Geschäfte spezialisierten Hallodri gekauft hat.

Nun kann die Bäuerin alles zusammenrichten, was man für eine Beichtzettelsammlung so braucht: rote Eier, zwei Stück Geselchtes (ein größeres für den Herrn Pfarrer und ein kleineres für den Mesner), eine Geldspende für die Pfarrkirche und natürlich die Beichtzettel des ganzen Hausgesindes. Der Bauer schimpft nach wie vor über diese Bettelei und Herumspioniererei und sucht sich für die nächsten Tage eine Arbeit außer Haus.

Aber was ihn gleich noch stärker wurmt: Jetzt, wo er sich als reuiger Sünder hätte ausweisen können, jetzt kommt der Pfarrer Nierlinger nicht mehr zum Beichtzettelsammeln. Offensichtlich hat er ihn nun doch abgeschrieben. Das ist auch nicht schön von ihm!

Keine Affäre!

Der alt Staudinger von Neßlbach liegt im Sterben, deshalb hat man nach dem Herrn Pfarrer geschickt, auf daß ihn der herfertige für die Reise in die Ewigkeit. Der Geistliche kennt den Weg, er geht allein, denn es ist eine mondhelle Nacht, und was soll da schon passieren?

Als der Herr Pfarrer spätabends wieder heimzu pilgert, sieht er, wie sich im Hof des Nachbarn einer herumtreibt, hinter der Holzschar hervorschaut, sich an der Stadltür zu schaffen macht, sich in die Schupfen schleicht... „Wird doch nicht ein Einbrecher sein!"

denkt sich der Geistliche. Schließlich schleppt der nächtliche Besucher eine lange Leiter an und lehnt sie bei der Mirz ans Kammerfenster. Es muß das Fenster von der Mirz sein, denn der Bauer hat nur eine Tochter … „Sauber", schreit der Herr Pfarrer hinüber, „vor den Augen eures Pfarrers geht ihr zum Kammerfensterln. Dös wird ja allerweil schöner!" Da läßt der Bursch seine Leiter im Stich und sucht so schnell wie 's geht sein Heil in der Flucht.

Als der Pfarrer am nächsten Tag im Dorf die Mirz trifft, sagt er so nebenbei: „Kannt sei, daß i dir gestern auf d' Nacht dein Liebhaber versprengt hab …" „Oh mei, Herr Pfarrer", sagt sie drauf, „tan S' Eahna fei deswegn net recht owi – i hab no a paar …!"

Brautexamen

Es ist in christkatholischen Gegenden nicht nur ein altes Herkommen, sondern auch eine bindende pastorale Vorschrift, daß sich ein Paar, das demnächst in den heiligen Stand der Ehe treten möchte, zum sogenannten Brautexamen beim Herrn Pfarrer einfindet. Der gibt ihnen dann in einem ausführlichen Gespräch einige bewährte Lebensregeln mit auf den gemeinsamen Weg und fragt dabei auch die wichtigsten Glaubenswahrheiten ab, denn wie sollten Eltern ihre Kinder im christlichen Glauben erziehen, wenn sie selbst davon keine blasse Ahnung haben!

Auch die Oberberger Walburga und der Franz Xaver Hinterwimmer haben vor zu heiraten. Lang genug haben sie sichs ja überlegt. Und jetzt rückt der bedeutende Tag immer näher, daß sie zum Brautexamen erscheinen müssen.

Der Herr Pfarrer – er ist noch einer vom alten Schlag – fragt also nach den vier Evangelisten, nach den Sieben Schmerzen Mariä, nach den sieben Sakramenten ...

Aber jedesmal ist bei der Braut Fehlanzeige angesagt. Der Bräutigam hat wenigstens auf die Frage nach den Evangelisten noch „Petrus und Paulus" geantwortet, immerhin, und bei den sieben Todsünden ist ihm wenigstens noch die Unkeuschheit eingefallen.

Der Pfarrer merkt bald, daß sich da ein Weitergraben nicht lohnt, und um der Braut zumindest ein kleines Erfolgserlebnis zu ermöglichen, fragt er sie noch nach einer zentralen Aussage unseres christlichen Glaubens: „No, Walburga, jetzt sag mir wenigstens, wer dich erlöst hat!"

Da geht ein Leuchten über das Gesicht des Mädchens, und selig sagt sie, auf ihren Bräutigam deutend: „Der da, Herr Pfarrer, der Hinterwimmer Franzi ..."

Der Kindersegen

Bei einem Bauernehepaar im hinteren Bayerischen Wald bleibt trotz aller einschlägigen Bemühungen der erhoffte Kindersegen aus. Ein herumziehender Schmalzpater (Bettelmönch), dem man sich anvertraut, empfiehlt eine weit entfernte, der hl. Mutter Anna geweihte Wallfahrtskirche und die Opferung einer großen, dem besonderen Anliegen entsprechenden Wachskerze.

Nach Jahren kommt der Pater wieder in diese abgelegene Gegend, sieht auf besagtem Hof eine muntere

Kinderschar herumtollen und fragt nach dem Vater. „Der Papa is net dahoam!" antwortet der größere der Buben. Und das älteste Mädchen ergänzt: „Der is zum Kerznausblasn gangen ...!"

Kreuzzeichen – ja oder nein?

In das alte Weberhäusl gegenüber dem Perasdorfer Pfarrhaus war ein neuer Mieter eingezogen. Ein außergewöhnlich frommer Mensch, wie es schien. Die Pfarrerköchin hat das als erste bemerkt: Jedesmal, wenn der Mann am Morgen das Haus verließ und die Türe zugezogen hatte, schlug er ein großes Kreuzzeichen und senkte demütig den Kopf.

Der Herr Pfarrer, von seiner Haushälterin aufmerksam gemacht, sah sich das hinter den Vorhängen seines Amtszimmers einige Male an und nahm sich dann vor, bei der nächsten Gelegenheit sein neues Pfarrkind daraufhin anzusprechen.

„Man trifft heute nur noch wenig Leute", sagte der Seelenhirte, „die beim Verlassen ihrer Wohnung ein Kreuzzeichen machen. Mir gefällt das, wie Sie Ihre religiöse Überzeugung so offen und so selbstverständlich zum Ausdruck bringen!"

Der Mann sah den Pfarrer leicht irritiert an und wußte nicht, was er von dieser Laudatio halten sollte. „Also, ich muß ehrlich sagen", versuchte der Seelsorger das Gespräch in Gang zu halten, „mir nötigt diese Haltung Respekt ab!"

„Herr Pfarrer", meldete sich jetzt der Angesprochene zu Wort, „ich glaube, Sie verwechseln da etwas. Das ist kein Kreuzzeichen! Ich hab mir nur angewohnt, daß ich immer, wenn ich aus dem Haus gehe, nachschau, ob ich meine Brille habe, die Brieftasche, den Ausweis und ob auch das Hosentürl zu ist…"

Hochwürden soll damals sehr schnell das Thema gewechselt und über das schlechte Wetter geschimpft haben…

Lange Leitung

Der Brandstetter Hias trifft den Herrn Pfarrer. Und der Herr Pfarrer ist noch einer vom alten Schlag, der Zeit hat für seine Pfarrkinder und mit ihnen einen Dischkurs anfängt – auch mit dem Brandstetter Hias, den man nicht gerade zu den Schlauesten zählen kann.

„Schaust net guat aus!" meint der geistliche Herr.

„No ja, i kimm aa grad vom Doktor."

„So, so, was hat er denn gsagt, der Doktor?"

„Dreißg Mark, hat er gsagt, machts."

„Nna, Hias, i moan, was ghabt hast."

„Zwanzg Mark hab i ghabt!"

„Du verstehst mi net, Hias, i red doch davon, was dir gfehlt hat!"

„No, Herr Pfarrer, spaßn S' jetzt oder spaßn S' net? Dös is doch leicht zum ausrechnen: zehn Mark habn mir gfehlt!"

„Dös hätt i mir eigentlich denkn können!" sagt der Herr Pfarrer, „schau nur, daß d' wieder gsund wirst!"

„Ja, ja", lacht der Hias, „liaber a gsunder Ochs wia a kranks Roß! Pfüat God, Herr Pfarrer!"

Gewußt wie!

Der alte Laschinger ist schon seit einigen Monaten bettlägerig. „Der wird nimmer werdn!" sagen die Leute. Der Herr Pfarrer nimmt sich deshalb vor, ihn einmal in seiner Hütte aufzusuchen.

Es ist eine armselige Behausung. Kein Bild an der Wand, keine Vorhänge, kaum ein Mobiliar. Aber, und das wundert den Herrn Pfarrer, neben der dürftigen Liegerstatt ist ein ganzer Stapel Holz aufgerichtet.

„Was is denn jetzt dös?" fragt der Geistliche.

„Ja, wissen S', Herr Pfarrer", schreit der Laschinger, „mei Wei hört schlecht. Und wenn i was brauch, nachher wirf i grad allerweil a Scheitl Holz nach ihr …!"

Morgen ist auch noch ein Tag!

Der Benedikt Katzendobler von Lauterbach war schon ein bejahrter Junggeselle, als ihm der Hansgirgl-Sepp, Viehhändler, Schmuser und Leutausschmierer in einer Person, die um rund 15 Jahre jüngere Philomena Staudigl zur Heirat andiente.

Der Bene, des Alleinseins endlich überdrüssig geworden, packte zu wie ein blinder Brem und mußte wirklich beide Augen zugehabt haben, denn er hatte mit dieser Heirat so viel Unbill mit in Kauf genommen, daß er – den ganzen Sachverhalt von rückwärts betrachtet – schon nach kurzer Zeit gern wieder einschichtig gewesen wäre.

Seine Philomena war zwar nicht groß, aber dafür war sie auch nicht schön. Auf einem Auge schielte sie, aber

dafür hatte sie Haare auf den Zähnen, wie der Volksmund so schön zu sagen pflegt – und das bekam der Bene auch bald zu spüren.

Die Nachbarn wollten wissen, daß bei den Katzendoblerischen kein Tag verging, daß es nicht kriegerische Auseinandersetzungen gab, und das mochte durchaus der Wahrheit entsprechen.

Als der Bene bei einem solchen ehelichen Handgemenge wieder einmal den kürzeren gezogen hatte und von seiner lieben Gemahlin unter den Tisch gedrängt worden war, klopfte es plötzlich etwas ungestüm an die Stubentür.

„Herein!"

„Jessas, der Herr Pfarrer!" schreit die Philomena. „Gelobt sei Jesus Christus!" Und unter den Tisch hinein ruft sie scheinheilig: „Bene, geh, geh füra! Laß dös Fuchzgerl geh, dös findst ja heit a so nimma!"

„Ja", sagt der Bene und zittert an allen Gliedern, „suach mers morgn!"

Trautes Heim, Glück allein

Das Fest Christi Himmelfahrt steht rot im Kalender, und der Grandsberger sitzt an diesem „Vatertag" schon seit dem Hochamt beim Kirchenwirt und kartelt. Plötzlich, gerade während der Lehrer sein Herzsolo ausspielt, tut der Grandsberger einen tiefen Schnaufer, greift sich an die Brust und fällt unter den Tisch. „Der macht koan Stich mehr!" diagnostiziert fachmännisch der Bader.

Weil es in Perasdorf noch kein Leichenhaus gibt, wird

der Tote noch vor dem Mittagläuten heimgeschafft und in der guten Stube aufgebahrt. Die Beerdigung träfe normalerweise am Sonntag. Weil aber das nicht möglich ist, soll sie bereits am Samstag sein. Deswegen geht die Grandsbergerin zum Herrn Pfarrer; sie will ihren Mann erst am Montag unter die Erde bringen.

„Das muß die Gemeinde genehmigen!" sagt der Geistliche. Der Bürgermeister schickt sie wieder zum Pfarrer, „der muß einverstanden sein!"

„Warum möchst denn dein Mann erst am Montag eingrabn lassn?" nimmt er sie ins Gebet.

„Mei, schaun S', Herr Pfarrer", meint die Grandsbergerin, „49 Jahr san mir jetz verheirat, und jedn Sunnta is er ins Wirtshaus gangen, der Hallodri. Oamal wenigstens möcht i 's erlebn, wia dös is, wenn der Mo am Sunnta dahoam is …!"

Der letzte Ölwechsel

Das ist heute keine Besonderheit mehr, daß Schulkinder auch schon in den unteren Klassen von der Technik mehr verstehen als beispielsweise von der Religion. Ein besonders anschauliches Beispiel für diese Feststellung lieferte vor einigen Tagen der Martin Roßberger von Erpfenzell.

Bei der wöchentlichen Erzählstunde am Montag vormittag berichtete er seiner Lehrerin, daß am Wochenende der hochwürdige Herr Pfarrer bei ihnen auf dem Hof gewesen sei. Nun braucht man natürlich in einem solchen Zusammenhang nicht unbedingt an die letzten Dinge zu denken, aber die Lehrerin wußte, daß die

Großmutter des Buben schon seit längerer Zeit krank
darniederlag. Sie fragte deshalb vorsichtig nach, aus
welchem Grund der Herr Pfarrer auf dem Roßberger-
hof gewesen sei. Relativ unbekümmert stellte sich der
Martin in Positur und verkündete laut und deutlich:
„Der Herr Pfarrer hat bei unserer Oma den letzten Öl-
wechsel gemacht!" Jetzt wußte die Lehrerin Bescheid:
Der geistliche Herr hatte allem Anschein nach der alten Roßbergerin die (sogenannte) Letzte heilige Ölung
gespendet ...!

Ein wenig viel herausgenommen

Die alte Siegl-Bäuerin ist zeit ihres Lebens ein ge-
sundes und riegelsames Leut gewesen, aber als sie sich
dann an die achtzig Jahre herantastete, fing sie an, lie-
gerhaftig zu werden. Von einem Doktor wollte sie aber
trotz aller Beschwerden nichts wissen.

In einem brütendheißen Sommer, wie er sich alle fünf
oder zehn Jahre einzustellen pflegt, verfiel jedoch ihre
Gesundheit zusehends. Und eines schönen Tages ver-
langte die Siegl-Bäuerin energisch nach dem Pfarrer, um
mit Gott und der Welt abzuschließen. Ihre Tochter war
aber der Meinung, ein Arzt sei vordringlicher und be-
stellte zunächst einmal ihn.

Der Doktor kam auch unverzüglich und untersuch-
te die alte Bäuerin nach allen Regeln seiner Kunst. Er
fühlte ihr den Puls, horchte ihre Herzschläge ab, besah
sich ihre Beine, tastete die Sieglin in der Bauchgegend
ab und was halt zu derlei Inspektionen dazugehört.

Die alte Bäuerin ließ das alles ruhig mit sich geschehen, machte zwischendurch auch den Eindruck, als wenn sie nicht mehr alles so recht mitbekäme, wurde aber dann doch mit der Zeit etwas unruhig und nervös.

Als nach geraumer Zeit der Doktor die Stube verlassen hatte, winkte sie ihre Tochter zu sich ans Bett und fragte sie: „Resl, is jetz dös der Herr Pfarrer gwen?"

„Ah geh, Muatter", sagte die, „dös is doch der Doktor gwen …!"

„Denkt hab i mirs", grantelte die Alte, „weil für an Pfarrer hätt er si scho a bisserl vuj außergnumma …!"

Das Beileid

Der junge Kaplan erfährt nach seinem Urlaub, daß die Frau des Mesners gestorben ist. „Sie ist im Himmel", sagt der Mesner mit der sicheren Gewißheit eines gläubigen Christen.

Der Kaplan, schon auf dem Gymnasium nicht gerade einer der Wortgewandtesten, hat sich bereits vorher ein paar Worte des Trostes überlegt und sagt: „Das tut mir aber richtig leid!"

Da merkt er, daß der Satz an dieser Stelle nicht gerade passend war, und er verbessert sich deshalb: „… ich wollt sagen, das freut mich aufrichtig!" Als er das verdutzte Gesicht des Mesners sieht, verbessert er sich noch einmal und meint: „Also, wenn ich ehrlich sein soll: es verwundert mich schon etwas …!"

Ein wahrer Könner seines Fachs

Beim Sepaintner in der Point haben sie einen einschichtigen Urlauber, der nicht recht weiß, was er mit seiner freien Zeit anfangen soll. Deshalb nimmt ihn der Sepaintner überall mit hin, auf den Viehhandel, auf die Jagd und auch auf die anfallenden Beerdigungen. Und weil es ein heißer Sommer ist, der den alten Leuten recht zu schaffen macht, fallen auch gleich zwei Leichen in die Urlaubssaison. Der erste, der das Zeitliche mit dem Ewigen vertauscht, ist der alte Hierangl-Bäck, und der Pfarrer Baumgärtl, auch nicht mehr gerade der Jüngste, leitet seine Trauerrede ein mit dem Satz: „Wir haben heute die christliche Pflicht, unseren alten Bäcker zur letzten Ruhe zu betten. Ein Leben lang hat er fleißig und gut gebacken, ein wahrer Könner seines Fachs! Aber jetzt hat er ausgebacken …" Vierzehn Tage später stirbt der Schmied, der tatsächlich auch so heißt. Allem Anschein nach hat sich sein Beruf von Generation zu Generation in der Familie weitervererbt. Und wieder predigt der Pfarrer Baumgärtl: „Wir stehen heute am offenen Grab von Herrn Anton Schmid. Wie viel wird er in seinem Leben schon geschmiedet haben, ein wahrer Könner seines Fachs! Aber jetzt hat er ausgeschmiedet …"

Dem anhänglichen Sommergast fällt auf, daß sich sein Bauer bei dieser Leichenrede nur mit Mühe das Lachen verkneifen kann, und er nimmt sich vor, ihn auf dem Heimweg nach der Ursache zu fragen.

„No ja", sagt der Angesprochene, „i hab mir halt vorgstellt, was jetzt der Pfarrer Baumgärtl bei Eahraner Leich sagn tät."

„Wieso, warum?"

„Sie hoaßn doch Joachim Bruhns, oder net …?"

Der Doppelgänger

Es ist in den ersten Septembertagen. In Weißenbach sitzen elf ABC-Schützen in den alten Bänken zu Füßen des Lehrers, befangen und verschüchtert ob der neuen Welt, die sich da plötzlich vor ihnen aufgetan hat. Und heute soll auch noch der hochwürdige Herr Pfarrer kommen …

Er kennt sie schon alle: den Fischer Jackerl, den Obendorfer Girgl, die Rohrmüller Zenzi, die Penz-bauern Anni, den Schwarzmeier Peter, und wie sie sonst noch alle heißen. Aber um mit ihnen überhaupt einmal ins Gespräch zu kommen und einer alten pädagogischen Tradition folgend, fragt er sie zuerst einmal nach ihrem Namen.

Da springt der Obendorfer Girgl auf und schreit den seinen durch das Klassenzimmer, daß die Dritt- und Viertkläßler erschreckt von ihren Sitzen fahren. Auch der Schwarzmeier Peter nimmt sich kein Blatt vor den Mund. Die Mädchen freilich sind sich ihrer Sache nicht ganz so sicher. Die Sponfeldner Maria steht nur zögernd auf, versteckt dann verschämt ihre Hände und sagt mit einem leisen Stimmchen: „Ich heiße Maria Sponfeldner von Neßlbach und bin sechs Jahre alt.“

„Brav!“ lobt sie der Herr Pfarrer ob ihres Bekenner-mutes. Dann kommt er zum Fischer Jackerl. „No – und wie heißt nachher du?“ meint der hochwürdige Herr und lächelt freundlich zu dem sonnverbrannten Kin-dergesicht hinunter. Aber der Jackerl rührt sich nicht, verzieht keine Miene. „Geh, sag mirs schön!“ bettelt der Pfarrer. Aber der Jackerl bleibt standhaft. Jetzt mag er extra nicht. „Und ich hätte so gern gewußt, wie du heißt …“

„Herr Pfarrer!" meldet sich da die Felbinger Kathie aus der vierten Klasse, „der Jackerl hat auch zum Herrn Lehrer noch kein einziges Wort gesagt!"

Aber der Herr Pfarrer gibt nicht nach. Jetzt will er den Jackerl erst recht zum Reden bringen. „Hast jetzt du wirklich deinen Namen vergessen?"

Der Peter schaut starr vor sich hin.

„Ich heiße …" fängt jetzt der Herr Pfarrer an. Der Jackerl bleibt stumm wie ein Fisch. „Ich heiße Jakob Fischer" sagt der Pfarrer endlich ein wenig ungeduldig, aber mit der leisen Hoffnung im Herzen, der Jackerl werde doch wenigstens nachsprechen, was er ihm jetzt schon in den Mund gelegt hat. Und wirklich reißt der Bub sein Gesicht empor, und seine Augen glänzen, als er den Herrn Pfarrer ansieht und sagt:

„Hoaßt ebba du aa a so wia i?"

Irrtum

Der Herr Kaplan steht in der ersten Klasse und erzählt vom lieben Gott.

Mittendrin springt der Neumeister Franz in der dritten Bank auf und sagt: „I hab' gestern den lieb'n Gott g'seghn!"

„Warst in der Kirch?" fragt der Herr Kaplan.

„Naa!"

„Ja, wo hast ihn denn dann g'seh'n?"

„Auf der Straß'!"

Der Katechet erwägt die Möglichkeit eines Versehganges und sagt: „Erzähl einmal!"

„… a blaue Hos'n hat er ang'habt und a große Jopp'n, aber g'flickt war s' scho' …"

Die Kinder lachen.

„Franz", versucht der hochwürdige Herr die Sache wieder einzurenken, „das war irgend ein Mann, aber doch nicht der liebe Gott!"

„Nananana!" streitet der Franz, „dös war scho' der liebe Gott! Mei' Vater hat ja zu eahm g'sagt: ‚Ja du lieber Gott,wo kommst denn du her …?'"

Die Vertreibung aus dem Paradies

In der Schule Degernbach steht die Visitation der Lehrerin an. Als der Herr Schulrat kommt, nehmen sie in der vierten Klasse gerade die Vertreibung aus dem Paradies durch. Die Lehrerin versucht, die Szenerie so anschaulich wie nur möglich darzustellen, und es scheint ihr auch zu gelingen.

Als Lernzielkontrolle gewissermaßen fragt sie am Ende der Stunde die wichtigsten Stationen noch einmal ab. Weil alles so schön läuft, darf auch der Sponfeldner Micherl, der nicht gerade zur Spitze der Klasse zählt, die entscheidende Frage beantworten, warum denn nun eigentlich die Stammeltern aus dem Paradies vertrieben wurden.

„… weil Eva den Apfel eßte!" sagt er. Die Lehrerin korrigiert geduldig: „Ja, aber man sagt da ein wenig anders." Der Penzbauern Franz neben ihm will ihm geschickter draufhelfen: „Dös hoaßt aß!" Nun kennt sich der Sponfeldner Micherl aus: „Die Stammeltern wurden vertrieben, weil Eva, das Aas, den Apfel eßte!"

Sicher ist sicher!

In der Religionsstunde erzählt das Fräulein den Dritt-
klaßlern von den heiligen Engeln: wie einer von ihnen
als Wächter am Eingang des Paradieses gestanden, wie
ein anderer dem jungen Tobias ein treuer Begleiter gewesen – und wie jeder von uns einen solchen Engel zu
seinem persönlichen Schutz bekommen hat. Die Lehrerin sagt, daß man ihm auch ruhig Haus und Hof und
das ganze irdische Besitztum anempfehlen dürfe.

Die Kinder sitzen da und staunen, haben keine Frage mehr auf den Lippen. Nur der Kumpfmüller Franz
meldet sich. Die Lehrerin, erfreut darüber, daß ihre
Worte so sichtbar in gutes Erdreich gefallen sind, ruft
ihn auf. Der Franz aber steigt gemächlich aus der Bank
und sagt: „Freilein, *mir* ham an Hund!"

„– und führe uns nicht in Versuchung!"

Die Schule hat längst begonnen, und der Herr Kaplan versucht – wie jeden Donnerstag in der ersten Stunde – seinen Schäflein den steilen und steinigen Pfad des
Glaubens zu erschließen und ebenso eindringlich vor
der breiten Asphaltstraße ins Verderben zu warnen.

Er spricht gerade von der sechsten Vaterunserbitte
„Und führe uns nicht in Versuchung" und daß uns solche Versuchungen nicht allzu häufig begegnen möchten, da geht plötzlich die Tür auf, und der Hüttinger
Micherl kommt ins Zimmer. An sich hat ihn der Katechet nicht vermißt, fragt ihn aber jetzt doch nach einer
Erklärung für sein spätes Erscheinen.

„Ja, i bin z' spät dran, Herr Koprater", räumt der Micherl ein, „aber auf'm Dorfplatz hat der Postbot a Fümf-
markstückl verlorn…" „Aha, und da hast ihm suchen
helfen", setzt der Herr Kaplan zu einem Lob für den
braven Samariter an. „Das ist schön von dir!" „No ja,
suacha hob i eahm eigentli net helfa…" gibt der also
ins Beispiel Erhobene ehrlich zu. „Und warum dann
nicht?" forschte der Herr Kaplan weiter. „I hab net weg-
könna", flüstert der Micherl seinem Religionslehrer ins
Ohr, „i bin nämli draafgstandn af dem Fümfmark-
stückl!"

Aufklärung

In Oberhaselbach haben sie einen neuen Kaplan bekommen, der im Religionsunterricht der dritten Klasse Dinge bespricht, die vor einigen Jahrzehnten noch
unmöglich gewesen wären und nicht einmal eine Jungfrau von 25 Jahren gewußt hätte.

Das Thema der heutigen Unterrichtsstunde heißt:
„Woher kommen die kleinen Kinder?" Da wird von
einigen wenigen noch Meister Adebar, der Storch, bemüht, andere nennen den lieben Gott und einige kennen sogar die Hebamme.

Den Obermeier Franzl interessiert das nicht im ge-
ringsten. Er räumt unterdessen seine Schulsachen zusammen. Nun weiß aber der Herr Kaplan, daß der
Franz das fünfte von neun Kindern ist und über das
Thema eigentlich besser Bescheid wissen müßte als die
vielen wohlbehüteten Einzelkinder in der Klasse.

„Nun, Franz", wendet sich der Herr Kaplan an das
aufgeweckte Bürschchen, „du kannst mir sicher sagen,

woher die kleinen Kinder kommen. Du hast ja acht Geschwister, soviel ich weiß …"

„Mei, Herr Koprater, mir san bloß Häuslleut", sagt der Franz, „und da müassn der Papa und d' Mama …"

Damit aber die Schilderung nicht zu plastisch gerät, unterbricht ihn der Herr Kaplan gleich wieder. Der Franz sieht das auch ein und sagt: „Is guat, Herr Koprater, mir zwoa wissn 's jedenfalls, und die andern werdn scho no draafkemma mit der Zeit …!"

Der Konfessionsunterschied

Das war noch zu der Zeit, als kirchlich geschlossene Ehen zwischen evangelischen und katholischen Christen praktisch nicht in Frage kamen. Weil man mit dieser heilsnotwendigen Unterscheidung der Gläubigen nicht früh genug anfangen kann, nimmt das der Herr Kaplan in der Schule schon in der dritten Klasse durch. Und weil es auch früher eine Lernzielkontrolle gegeben hat, als der Terminus technicus dafür noch nicht in der pädagogischen Literatur zu finden war, versucht der Herr Kooperator am Ende das ganze noch einmal an einem Exemplum festzumachen.

„Stellt euch vor, liebe Kinder", sagt er, „ich wär ein gutaussehender junger Mann, bekäme von meinem Vater ein gutgehendes Geschäft am Marktplatz, verdiente gut und käme eines Tages zu dir, Reserl, und möchte dich heiraten. Tätst du mich nehmen, wenn du wüßtest, daß ich evangelisch bin?"

„Nein", sagt das Reserl mit der Bestimmtheit einer altgedienten Lehrerin.

„– und warum nicht?" will jetzt der Kaplan die Früchte seiner Belehrungen ernten.

„– weil du mir zu alt wärst!" sagt das Reserl.

Die versteckte Kappe

Die neue Katechetin läßt einen Aufsatz schreiben, wie die Kinder ihre erste heilige Messe erlebt haben. Der Kauschinger Alois liefert folgende Erinnerung ab:

„Zuerst hat eine Glocke geläutet, dann ist ein verkleideter Mann aus einer Stube in die Kirche gekommen, mit einer schwarzen Kappe * auf dem Kopf. Zwei Buben im Nachthemd sind vorausgegangen. Die haben dann dem Mann die schwarze Kappe versteckt. Der Mann ist vorne an einem großen Tisch hin und her gegangen und hat allerweil seine Kappe gesucht, hat sie aber nicht gefunden. Er hat dann öfters zum lieben Gott gebetet, daß er ihn die Kappe finden läßt. Weil auch das nichts genutzt hat, ist er in ein hölzernes Faß gestiegen und hat furchtbar geschimpft und mit der Faust auf den Rand von dem Faß geschlagen, daß es geduscht hat. Aber niemand hat ihm gesagt, wo die Kappe ist.

Bald darauf ist ein anderer Mann in einem weißen Hemd mit einem kleinen roten Sack herumgegangen und hat Geld eingesammelt, daß sich der erste Mann eine neue Kappe kaufen kann. Ganz zum Schluß haben ihm die zwei bösen Buben die Kappe doch wieder gegeben, aber die Leute haben ihr Geld nicht mehr zurückbekommen."

---

* Der Text stammt offensichtlich noch aus der Zeit, als die katholischen Geistlichen in der Kirche das sogenannte Birett trugen.

Da wunderte sich Adam

Pfarrer Achtelstetter von Simpering war ein rühriger Seelsorger, dem das geistliche (und sogar das leibliche) Wohl seiner Schäflein ein Herzensanliegen war. Er war ein ebenso vorbildlicher Katechet und Prediger wie ein guter Landwirt und Schafkopfspieler, der – zumindest in den Augen seiner fortschrittlicher gesinnten Pfarrkinder – nur einen Fehler hatte: er war zu konservativ – wobei die Betonung nicht einmal auf „konservativ", sondern auf dem kleinen Wörtchen „zu" lag.

So zum Beispiel hielt er auch nichts von den modernen Anschauungen einer Evolution in punkto Kosmogenese oder Biogenese und dergleichen. Für ihn hatte der liebe Gott noch an sieben Tagen die Welt geschaffen, den Adam aus Lehm geformt und die Eva aus einer Rippe des Mannes entstehen lassen, wie es eben wörtlich im Alten Testament zu lesen war. Da er von diesen Glaubenssätzen bis in sein Innerstes überzeugt war, hielt er es für seine Pflicht, sie in den Religionsstunden seinen Schülern weiterzugeben – ja, er versuchte sogar, ihnen diese Glaubenswahrheiten sinnenfällig zu demonstrieren.

So nahm also Pfarrer Achtelstetter an jenem Tage, an dem er die Erschaffung des Menschen besprechen wollte, einen großen Klumpen Lehm mit in die Schule, setzte sich hinter den Katheder und begann, nachdem er den Kindern den biblischen Schöpfungsbericht vorgelesen hatte, damit, aus der unförmigen Masse einen mehr oder weniger wohlproportionierten Menschen zu bilden. Obwohl an diesem Geschöpf vom Künstlerischen her einiges auszusetzen gewesen wäre, hatten die Kinder ihre helle Freude an diesem Adam, der nun vor ihnen auf dem Pult saß.

Der Pfarrer – wohl wissend, daß solche Begeisterung stets pädagogisch genutzt werden sollte – fragte denn auch gleich die Kinder, welche Empfindungen sich wohl in Adam geregt hätten, als er nach seiner Erschaffung die Augen aufgeschlagen habe, oder einfacher gesagt: was er sich in diesem entscheidenden Augenblick gedacht habe. (Der Herr Pfarrer hatte wohl ein gewisses Gefühl der Dankbarkeit im Auge oder eine Empfindung der Abhängigkeit vom Schöpfergott.)

Der Hintermeier Xaverl aber, der einer der ersten war, die sich gemeldet hatten und deshalb auch die Antwort für die ganze Klasse geben durfte, sagte: „Da hat sich der Adam sicher gedacht: Wie komm ich jetzt da ausgerechnet auf diesen alten Katheder herauf; und noch dazu in Simpering!"

Seit dieser Zeit stand Pfarrer Achtelstetter den modernen Auslegungen des Schöpfungsberichtes etwas aufgeschlossener gegenüber.

Der anthropogenetische Beweis
des Hüttinger Micherl

In Rettenbach haben sie einen Kaplan, der den Schöpfungsbericht des Alten Testaments nicht mehr in der überkommenen Weise auslegt, sondern den modernen Theorien der Evolution und polygenetischen Abstammung des Menschen huldigt.

Es ist natürlich verhältnismäßig mühsam, Erkenntnisse eines Teilhard de Chardin oder Louis Leakey in den Köpfen von Waldlerkindern anzusiedeln. Immerhin, in einem Punkt scheint der Herr Kaplan bereits Erfolg gehabt zu haben. Daß die Menschen ihrer leiblichen Herkunft nach aus Materie bestehen, aus den gleichen Elementen, aus denen die sie umgebende Welt geschaffen ist, scheint ihnen schon klar geworden zu sein.

„Das kann man nämlich heute noch sehen!" behauptet der Hüttinger Micherl. Der Herr Kaplan, erfreut über diesen logischen Denkakt und zugleich neugierig auf die Beweisführung des Waldlerbuben, fragt nach näheren Umständen.

„Ja, wissen S'", sagt der Micherl, „bei mei'm Vatern sieght ma die Materie, i mein die Erd'n ganz guat, unter den Fingernäg'ln, und hauptsächli' an die Füaß – da merkt ma's no am besten!" Ob er den Vater zur Inaugenscheinnahme einmal in den Pfarrhof schicken soll, frägt der Micherl noch nach, aber da winkt der Herr Kaplan doch energisch ab.

„Det Sakrament, det kenn ick…!"

Die neue Katechetin soll ihre Schüler auf das heilige Sakrament der Firmung vorbereiten und läßt sie – nach moderner Manier – selber auf das Thema kommen. Dazu muß sie verständlicherweise einige Hilfestellungen geben.

„Liebe Buben und Mädchen", sagt sie, „ein paar Wochen nach Pfingsten steht uns ein ereignisreicher Tag bevor. Da kommt ein bedeutender Mann aus der Stadt zu uns … Er wird sich natürlich vorher anmelden, dann wird er mit einem noblen Auto vorfahren … Er wird bei seinen Handlungen ein schönes weißes Gewand anhaben …"

Spätestens beim Stichwort „Auto" interessiert sich auch Jens-Uwe für den angekündigten Gast. Jens-Uwe kommt aus den sogenannten neuen Bundesländern und ist also nicht – wie die meisten seiner Mitschüler – in einer religiös geprägten Umgebung aufgewachsen, deshalb muß er oft passen, wenn entsprechendes Grundwissen gefragt ist; aber diesmal fühlt er sich sicher, und er ist mit seiner Antwort gar nicht mehr zu bremsen: „Fräulein Lehrerin", schreit er ganz aufgeregt dazwischen, „det Sakrament, oder wie det bei Ihnen hier heeßt, det kenn ick, det gaabs bei uns ooch, det is det Sakrament der Impfung …!"

In der Krippenschau

„Siehgst Pepperl, des is der König Herodes, wia er grad alle Kinder umbringa laßt, z' Bethlehem."

„I woaß scho, Vata; des ham mir neilich erst in der Bibel ghabt."

„O mei, Bua, ös learnts ja heitzutags nix mehr. Aber was mir alles learna ham müassn! Mei, mir ham dem Jakob seine Söhne kennt, mir ham die Prophetn vorwärts und rückwärts hersagn kenna wia 's Wasser. Und du kennst heitzutags net amol den König Herodes!"

„Hab i ja kennt, Vata!"

„Nix hast kennt! Werd net frech! – Oder was is 'n nachher des, ha?"

„Des? Des is d' Darstellung im Tempel!"

„Net schlecht! – Und die Personen?"

„No, d' Muttergottes halt, mit 'm Jesukindl am Arm, der heilige Josef mit die Taubn, d' Prophetin Anna und der greise Simeon."

„Simeon sagt er, Simeon! Und hoaßn tuat er Simon. Simon, Sohn des Jonas. – Hast scho amol was ghört von dem Prophetn, der an Haifisch verschluckt hat, ha? – Jetzt sag amol, was learnts denn ös überhaupts in der Schul?"

Gut herausgegeben!

Das war noch zu den Zeiten der geistlichen Schulaufsicht, lange bevor der preußische Junker Otto v. Bismarck deutscher Reichskanzler wurde: In einem der stattlichen Dörfer zwischen Donau und Wald schickte sich der Pfarrer gerade an, hoch zu Roß einem Kranken die heiligen Sterbesakramente zu bringen. Der junge Lehrer, ein aufklärerischer Schwarmgeist, der eben auf dem Weg ins Wirtshaus war, wollte seinen Vorgesetzten ein wenig hänseln und schrie ihm zu: „Eigentlich sollten Sie ja, wie unser Herr und Meister, nicht auf einem Pferd, sondern auf einem Esel reiten...!" Der Pfarrer, der nicht auf den Mund gefallen war, rief hinüber: „Das stimmt! Aber die Regierung hat in der letzten Zeit so viele Esel zu Lehrern gemacht, daß es auf dem ganzen Straubinger Viehmarkt keinen einzigen mehr zu kaufen gibt..."

Simperings großer Sohn

Dem Bürgermeister Franz Xaver Hölzlwimmer von Simpering tat es schon seit vielen Jahren in der kommunalpolitischen Seele weh, daß er keinen „großen Mann" der Gemeinde aufweisen konnte, der für eine

Straßenbenennung oder gar einen Schulhausnamen ge-
taugt hätte. Kinder, die nach auswärts in die Schule gehen mußten, sollen in einschlägigen Unterrichtsstun-
den deswegen schon des öfteren gehänselt worden sein.

Deshalb gab das Gemeindeoberhaupt dem Herrn
Hauptlehrer Benedikt Hasenöhrl den Auftrag, umgehend nach einem solchen Mann (notfalls auch nach einer entsprechenden Frau) zu fahnden. Der Schulmann
wühlte daraufhin ganze Stöße staubiger Aktenfaszikel
durch, aber außer einem räuberischen Perlfischer, einem im Backofen des Bürgermeisters erfrorenen (oder
verhungerten) Handwerksburschen und einem wegen
Doppelmords Gehenkten kam nichts zum Vorschein,
was Simpering zu einem geschichtlich bedeutsamen
Ort gemacht hätte.

– Bis sich eines Tages die Situation schlagartig än-
derte. Hauptlehrer Hasenöhrl war fündig geworden!
Der lang Gesuchte und endlich Gefundene hieß Eras-
mus Hinterdobler. Jedesmal, wenn jetzt der Geschichts-
forscher von seinen Archivstudien nach Hause kam,
hatte er neue Aktivitäten des großen Sohnes der Gemeinde Simpering herausgefunden.

Im bischöflichen Archiv fand der Historiker, daß
Hinterdobler aus Dankbarkeit für die glückliche Rück-
kehr aus dem Rußlandfeldzug des großen Kaisers Na-
poleon 1813 eine Feldkapelle erbaute und von einem
Franziskanerpater weihen ließ. Im Staatsarchiv ent-
deckte Hasenöhrl einen Eintrag, der besagte, daß Hinterdobler bei einer Feuersbrunst unter Einsatz seines
Lebens ein taubstummes Kind aus den Flammen gerettet
hatte, und in einem Musikarchiv fand er heraus, daß Sim-
perings großer Sohn in jungen Jahren auch ein (leider
verschollenes) Chorlied komponiert hatte.

Nachdem alles so trefflich gediehen war, kam es endlich zu dem lang erwarteten Gemeinderatsbeschluß, der allerdings – sehr zum Leidwesen von Bürgermeister Hölzlwimmer – nicht einstimmig ausfiel, weil der Bachmeier Luk schon vor der Abstimmung eingeschlafen war und sich dann geistig nicht so schnell zurechtfinden konnte. Die Hauptstraße des Dorfes wurde nun umgehend in Erasmus-Hinterdobler-Allee umbenannt, die Grundschule bekam seinen Namen, und die Raiffeisenkasse ließ eine Gedenkmünze prägen. Da leider bis dato kein Bild des großen Sohnes der Gemeinde aufzutreiben war, fertigte Hauptlehrer Hasenöhrl ein Porträt, in dem man unschwer die Physiognomie seines Schöpfers wiedererkennen konnte.

So weit, so gut. – Bis Simpering ein Jahr später einen neuen Pfarrer bekam, der sich bereits in seiner früheren Pfarrei als Lokalhistoriker einen Namen gemacht und eine umfangreiche Ortschronik erstellt hatte. Es fiel ihm zwar sachlich nicht schwer, die Erfindungen des Hauptlehrers Hasenöhrl als solche zu entlarven, aber um so schwerer, den Betroffenen reinen Wein einzuschenken.

Der einzige, der sich fürderhin brüstete, den ganzen Schwindel von Anfang an durchschaut und deshalb in der Gemeinderatssitzung dagegen gestimmt zu haben, war der Bachmeier Luk.

„Hier liegt vor Deiner Majestät…"

Man sagt, Mesner seien besonders ordnungsliebende Leute, da sie ja der Dienst am Altar und nicht zuletzt auch die Oberaufsicht über die bisweilen recht bunt gemischte Ministrantenschar zwangsläufig dazu erziehe.

Wäre nun das das einzige Kriterium für einen guten Mesner, der Biermeier Alois wäre ein schlechter Vertreter dieses ehrenwerten Standes gewesen. Denn mit der Ordnung und mit der Reinlichkeit nahm er es gar nicht so genau. Er verstand seinen Beruf nicht als den eines männlichen Raumpflegers in kirchlichen Diensten, sondern eher als eine Art Mittlerdienst zwischen der Geistlichkeit und den Laien, sichtbar manifestiert etwa in der erwähnten Oberaufsicht über das Ministrantenvolk. Diese in gewissem Sinn einmalige Stellung und eine glückliche Veranlagung hatten ihm einen wahrhaft goldenen Humor geschenkt. Alois Biermeier – daraufhin angesprochen – gab allerdings den Umgang mit dem goldenen und silbernen Kirchengerät als bewirkende Ursache für sein heiteres Naturell an.

Als aber nun der Herr Pfarrer wieder einmal glaubte, einen Anlaß gefunden zu haben, die mangelnde Sauberkeit des Alois zum Gegenstand einer Erörterung machen zu müssen – unter den Kirchenbänken hatte sich mehr Schmutz angesammelt als einem Gotteshaus nach dem zweiten Vatikanischen Konzil zuträglich schien! – lief dem Mesner nicht, wie es wohl manchem seiner Kollegen widerfahren wäre, die Galle über, sondern der Alois nahm die Sache von der heiteren Seite und gab ganz einfach zur Antwort, den Dreck und Staub könne er hier nicht wischen, ohne gewisse Kirchengesänge ihres sicher vorhandenen Wahrheitsgehalts zu berauben.

Der Pfarrer, verwundert über die geheimnisvolle Beweisführung seines treuen Dieners, fragte nach näheren Angaben und Umständen. Da lächelte der Alois und sagte mit dem unschuldigen Gesicht des wirklich berufenen Mesners: „Herr Pfarrer, wenn ich den Schmutz unter den Kirchenbänken wegwische, dann stimmt doch nicht mehr, was unser Herr Hauptlehrer seine Kinder immer singen läßt: ‚Hier liegt vor Deiner Majestät im Staub die Christenschar …‘ Aber wenn S' meinen, daß das in der heutigen Zeit nicht mehr wichtig ist, wo man ohnedies so viel Gutes aus der Kirche hinauswirft, dann kehr' ich halt wieder einmal unter den Bänken!"

Der Teifi in der Geldbörs'n

's Sterbeglöckerl bimmlt über unser Dorf. „Jetz is der Sagstetter Egid g'storb'n!" sag'n d' Leit und bleibn steh. „Herr gib ihm die ewige Ruh! – Er is koa z'widana Mensch gwen, der Mesner", sag'n s'. „Wenn er aa a ganz ausdirrte Gurgl g'habt hat und hi und da a bißl übern Durscht trunka hat." Und da fallt mir a G'schicht ei':

I bin damals no a ganz a junga Ministrant gwen und hab in der Sakristei 's Rauchfaßl g'schwunga, ganz rundum. An am Sonntag is gwen. Da geht der Egid, Gott hab ihn selig, zu mir her und sagt so mir nix, dir nix:

„Seppi", sagt er, „möchst an Teifi sehgn?"

„Na!" sag i.

„Warum nachher net?"

„Den kannst mir du ja gar net zoagn!"

„Aber freili kann i dir den zoagn. Möchst 'n sehgn?"

„Na!"

„Geh, warum denn nachher net?"

„Weil i mir fürcht."

„O mei, Bua, du brauchst an Teifi no net fürchtn. D'Ministrant'n brauch'ntn überhaupts net fürchtn.

Dene tuat er nix. Und schließli bin ja i aa no da. Wart, i zoag dir'n. – Do schaugh her, do is er drin!"

„In dem Geldbeitl?"

„Jaa."

I nimm den Geldbeitl in d' Händ. Schwaar is er net. Aber mei, der Teifi kann si' bestimmt aa leichter macha. – Interessant waar's ja scho, wenn mer amol den Hörndlmeier wirkli' g'seghn hätt. – Da hab i scho, i woaß selber net wia, d' Hand am Druckknopf, überleg no amol, soll i, soll i net? Dann setz i in mei'm Fürwitz alles afs Gspui – und mach auf. Aber da is nix drin als drei oder vier Zehnerln, a paar rote Pfenning und a Kastani gegn 's Rheimatisch. I beitlt'n hin und her, aber es kimmt nix raus. Koa Geld und koa Teifi.

„Do is ja nix drin", sag i zum Mesner. „Dös is ja der Teifi!" moant der Egid und lacht auf die hintern Stockzähn.

Die Kunstpause

Die Wallfahrtskirche Mariä Schmerzen zu Weißenbach rüstet zu ihrem Patrozinium. Zu einem solchen Festtag gehören aber in Altbayern nicht nur Krämerstände und Wurstbuden, sondern auch eine Lichterprozession und eine Kapuzinerpredigt.

So strebt denn an diesem hohen Tag von überall her viel frommes Volk gen Weißenbach, und jedermann weiß, daß der große Andrang nicht nur den erwähnten Kaufbuden gilt, sondern zu einem guten Teil auch dem ob seiner Wortgewalt landauf landab bekannten Pater Eusebius aus dem Kapuzinerkloster der Kreisstadt.

Mäuschenstill ist es in der großen Wallfahrtskirche,

als der fromme Gottesmann auf die Kanzel steigt. „Sieghst es?" flüstert die Gstettenbäuerin ihrem kleinen Annerl ins Ohr. „Dös is der Oasiedl vo Heilingkreiz!", und das Annerl macht vorsichtshalber schnell noch einmal ein Kreuzzeichen.

Der alte Mesner-Ambros aber beschließt bei sich, schon während der Predigt mit dem Klingelbeutel reihum zu gehen – erstens, weil er sich bei den aufrüttelnden Worten des Predigers einen größeren Niederschlag in klingender Münze erwartet, und zweitens, weil es ja sonst wohl sein konnte, daß er in der Kürze der ihm hernach verbleibenden Zeit des großen Pilgerstromes nicht mehr Herr würde.

Der Gedanke aber, es könnten etliche Bauernweiblein keine Gelegenheit finden, ihr Scherflein seiner treuen Obhut anzuvertrauen, stimmt ihn wehmütig, gehört doch der Sammelerlös für die Anschaffung der Kerzen, die Tag und Nacht vor dem Marienaltar brennen und deren er sich schon seit vielen Jahren mit besonderer Sorgfalt annimmt.

So zwängt sich denn der Ambros gar bald mit seinem rotsamtenen Klingelbeutel durch die Scharen der Pilger und läßt das kleine Glöcklein in frommem Eifer so lange bimmeln, bis auch der hartgesottenste Bauer mißmutig in sein Westentaschel langt und eine blinkende Münze daraus hervorholt. Um nun die Säumigen noch mehr anzuspornen und gelegentlich wohl auch einen müden Schläfer aufzuwecken, läßt der Mesner jeder milden Gabe ein kräftiges „Vergelts Gott!" folgen.

Der Prediger, inzwischen beim Angelpunkt seiner Betrachtung über die Höllenpein angelangt, wirft gerade mit eindringlicher Gebärde und bewegter Stimme eine Frage in das andächtig lauschende Volk zu seinen Füßen: „... und was werden da wohl die Verdammten in der Hölle dazu sagen?" Hier legt er – und damit erweist er sich als ein geübter und erfahrener Prediger – eine längere Kunstpause ein, die jedem Zuhörer Zeit läßt, in seinem Herzen eine Antwort bereitzustellen. Ja, nicht genug damit: Pater Eusebius treibt diesen homiletischen Kunstgriff sogar auf die Spitze, indem er die Frage in einer geradezu herausfordernden Weise wiederholt: „... und was, so frage ich noch einmal, werden die Verdammten in der Hölle dazu sagen?"

„Vergelts Gott für die Beleuchtung!" schnarrt der Ambros mitten in diese Kunstpause hinein und geht wieder eine Bankreihe weiter nach hinten.

Auf eine solche Beantwortung seiner Frage ist selbst der redegewandte Pater Eusebius nicht gefaßt, und so kommt es, daß diese Kunstpause wesentlich länger dauert, als anfangs vorgesehen war, aber was das weitaus Schlimmere ist: die rechte Höllenstimmung ist dahin und vermag während der ganzen Predigt nicht wieder aufzukommen.

Dafür aber brennt in den nächsten Tagen eine stattliche Anzahl Kerzen zu Füßen der Muttergottes von Weißenbach, und es darf mit guten Gründen angenommen werden, daß sie wieder zurechtgerückt hat, was der Mesner-Ambros (den die Leute von diesem Tag an den Kerzen-Ambros nannten) in seinem frommen Eifer verbogen hat.

Ein etwas längerer Kreuzweg

Mesner gibt es viele. Auch gute Mesner, die ihr geistliches Amt voller Hingabe an den heiligen Dienst erfüllen, sind nicht selten. Aber einen Mesner, wie sie ihn in Pondorf haben, gibt es nicht so leicht ein zweites Mal.

Kurz und gut: Der Pondorfer Pfarrer kann sich auf seine rechte Hand Xaver Gsangl voll und ganz verlassen. Auch wenn er einmal, wie in dem zu beschreibenden Fall, mitten aus der Kreuzwegandacht heraus zu einem Sterbenden gerufen wird.

„... 6. Station: Veronika reicht Jesus das Schweißtuch dar ..." verkündet der Pfarrer noch laut seinem gläubigen Volk, und etwas leiser sagt er zum Mesner: „Und jetz machst du weiter! I kimm nachher scho wieder!"

Zwar wohnt die nach den Tröstungen der heiligen Mutter Kirche verlangende Kaufmannswitwe Philomena Gerstl gleich neben dem Friedhof, aber gerade die Beichte einer frommen Seele kann sich oft länger hinziehen als die eines Roßdiebs oder Viehhändlers, und das Sterben ist nun einmal keine einfache Sache, und man kann dabei nicht immer auf die Uhr schauen und zur Eile drängen – als Pfarrer schon zweimal nicht.

Als schließlich die Witwe Philomena gut verrichtet ist, eilt der Pfarrer wieder zurück in die Kirche, wohl wissend, daß die Kreuzwegandacht längst zu Ende sein muß. Aber wie er die schwere Kirchentüre aufdrückt, kniet die Schar der Gläubigen noch immer in den Bänken, und der Mesner Xaver Gsangl kündigt gerade mit lauter Stimme die 55. Station an: „Veronika mit dem Schweißtuch heiratet Simon von Cyrene!"

Christi Himmelfahrt im Maurerkübel

Noch vor wenigen Jahren war es in unseren kleinen Walddörfern ein altes Herkommen, daß am Fest Christi Himmelfahrt dieses biblische Ereignis der ganzen Pfarrgemeinde dadurch sinnenfällig demonstriert wurde, daß der Mesner eine Heilandsstatue mit einem Seil aus dem Kirchenschiff langsam gegen das Gewölbe hinaufzog, während seine Buben zwei Engel den himmelfahrenden Herrn mehr oder weniger ausgelassen umschweben ließen und ihn – entgegen jeder Straßenverkehrsordnung – einmal links und dann wieder rechts überholten.

Auch in Hellkofen wurde alljährlich dieses geistliche Spektakulum inszeniert. Einmal allerdings stand es auf Spitz und Knopf, ob dieses Schauspiel stattfinden würde oder nicht. Kurz bevor sich nämlich Christus nach der sogenannten Wetterseite wandte und seine Himmelfahrt mit dem Durchgang durch das „Heiliggeistloch" des Kirchengewölbes beenden wollte, riß das Seil, und Christus, der sich nicht einmal seiner Verurteilung durch Pontius Pilatus und der qualvollen Stunden am Kreuz kraft überirdischer Macht entzogen hatte, ließ auch diese mißlungene Hellkofener Himmelfahrt zu. Die Figur stürzte hinunter in das Kirchenschiff und ging in Trümmer.

Weil aber nun der tüchtige Mesner weder die Hellkofener um eine ordnungsgemäße Himmelfahrt ihres Herrn, noch sich selbst ins Gerede bringen wollte, sagte er: „Auffi muaß er!", kehrte kurzerhand alle Stücke sorgsam zusammen, legte sie vor dem versammelten Volk in einen Maurerkübel und ließ so den Heiland am frisch verknoteten Seil ein zweites Mal gen Himmel fahren.

„Komm, Heiliger Geist!"

In Achslach – ein gutes Stück hinter dem Kalten Eck – war es Brauch, an Pfingsten die Herabkunft des Heiligen Geistes in der Weise zu versinnbilden, daß der Mesner eine weiße Taube durch die Gewölbeluke steckte und in das Kirchenschiff hinunterflattern ließ.

Nun war wieder einmal der bedeutsame und langerwartete Augenblick gekommen. Die Gemeinde sang bereits zum vierten Male „Komm, Heiliger Geist", alle Augen waren sehnsuchtsvoll auf die runde Öffnung im Kirchengewölbe gerichtet – aber nichts war zu sehen, kein Flügelschlag zu hören. Erst als man zum fünften Male und ein wenig kräftiger als bisher mit dem Liede begann, regte sich oben etwas. Und an der Stelle, wo nach altem Herkommen der Heilige Geist zu erscheinen pflegte, sah man den bärtigen Kopf des Mesners im Himmelfahrtsloch, und wer ihn nicht sehen konnte, hörte statt des weichen Flügelschlages eine brummige Stimme: „'s Singa aufhör'n, 's Singa aufhör'n! Er kimmt heuer net! D' Katz hat'n g'fress'n!"

Nach anderer Version soll er auch noch die provozierende und beinahe blasphemische Frage in das andächtige Kirchenvolk hinuntergeworfen haben: „Soll i ebba vielleicht de Boandln owischmeißn ...?"

Draußen, in einem der stattlichen Gäubodendörfer, wo nicht nur die Viehherden, sondern auch die Bäuerinnen etwas dicker sind, war diese Inszenierung des Pfingstwunders einmal der Mesnerin zugefallen, weil ihr Mann mitten im Mai bettlägerig geworden war. Etwas ungeschickt hantierend rutschte sie aber in der Nähe des schon erwähnten Heiliggeistloches aus – und wäre um ein Haar in das Kirchenschiff hinuntergefallen,

wenn sie nicht die besagte Leibesfülle – Gott sei's ge-
dankt! – vor dem Schlimmsten bewahrt hätte.

Da hing sie nun zwischen Himmel und Erde wie ein
Zenterling Rauchfleisch, fast nackt und bloß …

Der Pfarrer erfaßte als erster die mißliche Situation
in ihrer vollen Tragweite und donnerte in die Kirche
hinein: „Wer affischaut, wird blind!“ Aber der Bürgermeister der Gemeinde soll dem Vernehmen nach nach
vorne gerufen haben: „Oa Aug' riskier' i …!“

Der Heilige Geist von Rechertsried

In Rechertsried haben sie eine schöne kleine Filial-
kirche aus der Barockzeit. Die Ausstattung ist nicht
übermäßig wertvoll, stellt aber doch eine gute Hand-
werksarbeit der Zeit vor rund 250 Jahren dar. Zum
kunstgeschichtlich erwähnenswerten Inventar gehört
auch eine Heiliggeisttaube, die früher einmal am hoch-
heiligen Pfingstfest an einem Seil vom Kirchengewölbe
auf die Gläubigen herniederfuhr, begleitet von Pfingst-
rosenblättern, die als feurige Zungen hinterhergeschickt
wurden.

Weil nun die inzwischen in die Jahre gekommene
Jungfrau Walburga Wagner dies noch von ihrer Großmutter selig in anschaulichen Bildern erzählt bekommen hatte und viele Kindheitserinnerungen damit verbunden waren, hatte die alte Burgl über die Jahrzehnte hinweg eine besondere Liebe zu diesem gnadenvollen
Requisit entwickelt, und als sie mit 85 Jahren plötzlich
zu kränkeln begann, gab sie dem Herrn Pfarrer eine
größere Summe Geldes um damit auch den Rechertsrieder Heiligen Geist aufpolieren zu lassen.

Der Herr Pfarrer besprach die Angelegenheit mit der Kirchenverwaltung, und man war allgemein der Überzeugung, daß man nicht umhin könne, den Wunsch der alten Burgl zu respektieren, wenn man auch das Geld für andere Unternehmungen noch dringender hätte brauchen können.

Man brachte also die barocke Heiliggeisttaube zu einem Faßmaler in der Stadt, der dann eines Tages, als man über den Alltagsgeschäften schon längst auf das gute Stück vergessen hatte, dem kath. Pfarramt Rechertsried mitteilte, daß die Renovierung der „Taube" – wie sich der Künstler etwas untheologisch ausdrückte – abgeschlossen sei und man besagtes Objekt bei nächster Gelegenheit abholen möge.

Da der Herr Pfarrer gerade keine Zeit hatte und auch der Kirchenvorstand beruflich anderweitig gebunden war, schickte er kurzerhand seinen Mesner in die Künstlerwerkstatt. Der Maler war aber nicht nur ein geschickter Restaurator, sondern auch ein guter Menschenkenner und ausgesprochener Witzbold dazu, der, als er des Rechertsrieder Mesners ansichtig wurde, gleich wußte, daß er dem Mann einen Schabernack spielen konnte.

So weit, so gut. Nach ein paar belanglosen Worten machte sich der Mesner wieder auf den Heimweg, mit einem großen Tragkorb, in dem, in Tücher eingeschlagen und in Holzwolle eingepackt, die Rechertsrieder Heiliggeisttaube in neuer Fassung lag.

Gerade die aber wollte der Mesner draußen bei hellem Tageslicht begutachten. Vorsichtig lüftete er den Deckel des Korbes, aber da flatterte auch schon der Heilige Geist heraus, freilich nicht weiß und mit goldenem Schnabel, sondern ordinär grau, gräuslicher jedenfalls als vor seiner Renovierung. Der Künstler hatte ihm nämlich spaßeshalber eine der zahlreichen Stadttauben mit in den Korb gesteckt. Der Mesner Girgl war aber ob der unerwarteten Aktivität der dritten göttlichen Person so konsterniert, daß er dem Pfingstvogel, der ganz offensichtlich die falsche Himmelsrichtung eingeschlagen hatte, nur noch nachrufen konnte: „Af Rechertsried gehts fei da hintere, Heiliger Geist …!"

Die seltsame Nachricht

Kurz vor Weihnachten muß der Pfarrer Obermüller für ein paar Tage ins Krankenhaus. Es ist nichts Ernstes, aber es läßt sich auch nicht auf die lange Bank schieben. Und bis zum Heiligen Abend will er ja wieder zu Hause sein. Nun, eine Aushilfe hat der Herr Pfarrer vom nahen Kapuzinerkloster zugesagt bekommen, und für die Feiertage ist das meiste ohnedies schon vorbereitet. Das heißt, die neue Krippe muß noch aufgestellt werden, aber das hat dankenswerterweise der Mesner in die Hand genommen; allerdings hätte der noch gerne die vom Pfarrer geplanten Ausmaße gewußt und den Text des Schriftzuges, der über dem Stall von Betlehem angebracht werden soll.

Die Haushälterin hat versprochen, sich danach zu erkundigen, wenn sie dem Herrn Pfarrer frische Wäsche in das Krankenhaus bringt. Sie will dann dem Mesner Bescheid geben.

So kommt sie zwei Tage vor dem Heiligen Abend mit einem Zettel ins Mesnerhaus. Der Herrscher über Sakristei und Ministranten ist aber nicht da, und deshalb hinterläßt sie die Nachricht seiner Frau, mit der

Bitte, sie gleich ihrem Mann auszuhändigen. Es wäre dringend.

Als die Pfarrhaushälterin wieder draußen ist, liest die neugierige Mesnerin die interessante Botschaft und versteht plötzlich die Welt nicht mehr. Denn auf dem Zettel steht schwarz auf weiß: „Ein Kind ist uns geboren, 1,5 m lang und 30 cm breit …“

Früh übt sich …!

Das Fräulein Kreszenz Obermoser hatte vor vielen, vielen Jahren dem heiligen Ehestand entsagt, um ihrem Theologie studierenden Bruder die Gewißheit zu geben, daß sein Haushalt schon ordentlich geführt würde, wenn er nach der Priesterweihe und einigen Kooperatorenjahren einmal eine eigene Pfarrstelle bekam.

Dies traf auch nach einigen Kaplansjahren zu, und das Fräulein Kreszenz konnte jene Aufgaben übernehmen, für die heute moderne Seelsorger gleich mehrere Personen beschäftigen, von der Pfarrsekretärin bis zur Hausdame.

Nun hatte dieses geistliche Geschwisterpaar von einer inzwischen verstorbenen älteren Schwester auch einen Neffen, und dieser Neffe wiederum war beweibt, weil es ja nicht jedermanns Sache ist, zölibatär durch das Leben zu gehen, noch dazu bei der Reizüberflutung unserer Zeit und der immer weiter steigenden Lebenserwartung dazu – ganz abgesehen davon, daß ja nahezu das ganze Menschengeschlecht ausstürbe, gäbe es nur noch Priester und Nonnen.

Besagter Neffe war aber ein Bruder Leichtfuß, der nicht nur hin und wieder, sondern eigentlich fortwährend in Geldnöten steckte. Deshalb war es eine gute Gepflogenheit, daß die Pfarrhof-Tante, jedesmal, wenn sich bei den jungen Leuten wieder Nachwuchs angemeldet hatte, mit Geschenken und Zuwendungen für Mutter und Kind nicht geizte, sondern sich im Gegenteil als recht spendabel erwies. So ließ sie – inzwischen schon zum vierten Mal – zur Geburt eines Kindes immer einen Tausender springen, von den zahlreichen Sachgeschenken gar nicht zu reden.

Weil nun der Haushaltskasse des Neffen schon längst wieder einmal eine Auffrischung gut getan hätte, kamen die beiden auf die Idee, zunächst einmal eine Schwangerschaft und dann notgedrungenermaßen auch noch die Geburt eines weiteren Kindes vorzutäuschen, in der Hoffnung, daß sich die geistliche Tante auch diesmal wieder als recht großzügig erweisen würde. Sie tat es tatsächlich!

Allerdings wollte sie ihr Patenkind – was ihr niemand verdenken wird – auch einmal in Augenschein nehmen, und deshalb kreuzte sie eines schönen Nachmittags bei den glücklichen Eltern auf.

Als diese ihrer Gönnerin ansichtig wurden, packte die junge Mutter geistesgegenwärtig ihren Jüngsten und legte sich flugs mit ihm ins Bett. Da es draußen schon leicht herbstelte und die Fäden des Altweibersommers bereits über die Stoppelfelder tänzelten, fiel es auch nicht weiter auf, daß sich sowohl Mutter wie Kind etwas unter der Zudecke verkrochen.

Nachdem die Pfarrhof-Tante einige Spritzer Weihwasser über die beiden gefetzt hatte, stellte sie die Frage, die bei derlei Anlässen zum unabdingbaren Ritual gehört: „– und wie heißt dann das neugeborene Gotteskind?"

Da steckte der Dreijährige fürwitzig seinen Kopf hervor und verkündete, nicht ohne sichtlichen Stolz: „Xaverl hoaß i, und i kannt fei aa a bisserl a Geld braucha...!"

Das Mittel gegen die Fleischeslust

Anläßlich einer Firmungsreise will der Herr Bischof in den Pfarreien auch sonst ein wenig nach dem Rechten sehen. Deshalb führt er mit den jeweiligen Pfarrern mehr oder minder lange Gespräche über die verschiedensten Fragen der Pastoral, über Predigt und Jugendarbeit, über die Zulassung von Geschiedenen zu den Sakramenten und was dergleichen heiße Eisen mehr sind.

Auch in Albertsried ist es nicht anders. Zum Schluß allerdings fragt der Herr Bischof den Pfarrer Schober ganz unverhohlen, wie er denn mit dem Zölibat zurechtkäme, wie er sich gegen Versuchungen wappne und gegen eventuell auftretende Fleischeslust ankämpfe.

Der Pfarrer Schober überlegt nicht lange und sagt: „Dann pfeif ich einfach meiner Theres!"

Der Bischof glaubt, nicht recht gehört zu haben. „Was tun Sie da?" frägt er ganz konsterniert nach.

„I pfeif meiner Theres!"

„Das gibt es doch nicht...!" sagt seine Exzellenz mehr zu sich selber. „Warum nicht?" sagt der Pfarrer. „Wolln Sie s' sehen?"

Pfarrer Schober steckt zwei Finger in den Mund und pfeift, daß man es im ganzen Haus und vielleicht sogar bis hinaus auf die Straße hört.

Bald darauf sind auf dem Flur schlurfende Schritte

zu vernehmen, die Tür wird aufgestoßen, und im Rahmen steht ein zahnluckertes, leicht schielendes weibliches Wesen mit ein paar vergessenen Lockenwicklern im ungekämmten fettigen Haar. „Was is…?" fragt der dienstbare Geist.

„Nix, Theres", schreit der Pfarrer, „der Herr Bischof wollt dich nur sehen…"

„A so", sagt die schwerhörige Köchin, „wenn 's sonst nix is…!" und damit stappt sie wieder zur Tür hinaus.

„Ja", sagt der Bischof beruhigt, „das glaube ich, daß das ein probates Mittel gegen die Fleischeslust ist…!"

„Das gehört sich nicht!"

Der Pfarrer Alois Ringelstetter von Buchbach ist 50 Jahre alt geworden. Daß man ihm das – nach Aussage verschiedener Mitglieder des Katholischen Frauenbundes – nicht ansieht, freut ihn, ebenso seine relativ gute Gesundheit, auch wenn – oder gerade weil – ihm anläßlich dieses runden Geburtstages ein Mitbruder eine Karte mit dem Spruch geschrieben hatte: „Wennst amol fuchzg Jahr alt bist und stehst in der Früah auf und tuat dir nix weh, nachher bist gstorbn!"

Da es aber nun in allen Berufsschichten üblich geworden ist, solche runden Geburtstage einigermaßen festlich zu begehen, kommt auch der Buchbacher Pfarrer nicht umhin, Mitbrüder, Freunde, Amtspersonen und was dergleichen potentielle Gratulanten mehr sind, zu einer kleinen Feier einzuladen. Da er aber ein sparsamer Mensch ist – solche soll es dem Hörensagen nach auch unter den Geistlichen geben – veranstaltet er dieses Treffen – sehr zum Mißfallen des Wirts – nicht im Gasthaus, sondern im Pfarrhof, allerdings aus den verschiedensten ökonomischen und logistischen Gründen in zwei Etappen.

Zunächst einmal sind die Verwandten und die geistlichen Mitbrüder dran, eine Woche später die Honoratioren des Dorfes, so da sind der Herr Bürgermeister, der Rektor der Schule, der Pfarrgemeinderatsvorsitzende, die Vorstandschaft des Katholischen Frauenbundes, der Senior der Kolpingfamilie und was dergleichen halbkirchliche Würdenträger mehr sind.

Bei den umfangreichen Vorbereitungen scheint sich aber die Pfarrhaushälterin etwas übernommen zu haben und muß deshalb seit einigen Tagen das Bett hüten, aber nicht, ohne sich vorher noch nach einer Aushilfe umgesehen zu haben. Und zwar hatte sie da eine Nichte, ein Bauernmädchen von etwas draller Figur, aber einfachen Geistes gebeten, ihr auszuhelfen. Das Mädchen ließ sich auch nicht schlecht an und werkelte in der Küche, was das Zeug hielt. Als bei der ersten Zusammenkunft die verschiedenen Essensgänge abgewickelt waren und die geistlichen Herren nur noch den diversen Getränken zusprachen, hielt sich das Mädchen für weitgehend überflüssig und gab mit relativ lauter Stimme, aber einfachen Worten kund und zu wissen, daß sie jetzt, wenn keine weiteren Wünsche gastronomischer Art geäußert würden, ins Bett gehe.

Am nächsten Morgen holte der Herr Pfarrer das junge unerfahrene Geschöpf zu sich und bedeutete ihm, daß es sich nicht schicke, in Gesellschaft Mitteilungen dieser Art so mir nichts, dir nichts in den Raum zu setzen. „Das muß ja nicht jeder wissen", sagte Hochwürden sichtlich verärgert, „das gehört sich einfach nicht!"

Das Mädchen machte daraufhin den Eindruck, als habe es die Sache verstanden.

Auch die zweite Einladung wurde – wie nach der bestens gelungenen „Generalprobe" nicht anders zu erwarten war – ein voller gesellschaftlicher Erfolg. Als aber wieder jener Punkt erreicht war, daß alle kulinarischen Wünsche befriedigt und die Herren zu geistigen Getränken übergegangen waren, die Damen dagegen sich an Kaffee und Kuchen erfreuten, schlich sich das Mädchen auf leisen Sohlen zum Herrn Pfarrer hin und flüsterte ihm – für die Umgebung aber doch deutlich vernehmbar – ins Ohr: „Ich wollt's Ihnen bloß sagen: I geh jetzt ins Bett …!"

Die Reaktionen der Gäste sollen damals recht unterschiedlich gewesen sein. Mehr war zu diesem prekären Thema nicht in Erfahrung zu bringen.

Mit dem Teufel im Sommerschlußverkauf

Der Pfarrer Höglmeier von Loitzenkirchen geht auf die Sechzig zu und hat eine Haushälterin, die noch längst nicht im kanonischen Alter steht. Das ist zwar nicht ganz in Ordnung, aber was will man machen? Pfarrerköchinnen sind heutzutage so rar geworden wie Jungfrauen über 21.

Besagte Pfarrerköchin nun fährt zum Sommerschlußverkauf in die Straubinger Stadt und kommt mit einem relativ tief ausgeschnittenen Kleid zurück. Der Pfarrer ist nicht begeistert davon. „Was haben Sie sich denn da

für einen Hadern zugelegt?" sagt er und schüttelt miß-
billigend den Kopf.

„Da ist nur der Teufel dran schuld", versucht sich
die Haushälterin zu rechtfertigen, „der hat mich zum
Kauf verführt. Er ist hinter mir gestanden und hat mir
die ganze Zeit eingeredet: ‚Kauf dir doch auch einmal
was Schönes …!' "

„Verführen und verführen lassen sind zwei Paar Stie-
fel!" salbadert der Pfarrer. „Warum habn S' denn da net
gsagt: ‚Weiche von mir, Satan!'?"

„Hab i ja gsagt!" verteidigt sich die Haushälterin.
„Beim dritten Mal ist er sogar gegangen. Aber dann hat
er mir von der Rolltreppe aus zugerufen: ‚Auch von da
aus schaust du trotz deiner 29 Jahr noch verdammt gut
darin aus!' Und da hab ich 's dann einfach kaufen müssen …"

Der ertappte Weindieb

Da hatten einmal in einem angesehenen niederbayerischen Ökonomie-Pfarrhof die Meßweinbestände
ohne erkennbare Ursachen die galoppierende Schwind-
sucht bekommen. Der Pfarrer und seine Köchin wußten sich keinen Rat mehr. Die Magd hatten sie schon
verdächtigt und ihr eine Falle zu stellen versucht, der
Knecht war insgeheim als Missetäter angesehen und
schließlich stillschweigend wieder rehabilitiert worden;
sogar den Hütbuben stellten die Inquisitoren auf die
Probe. Aber keiner von den dreien schien als Weindieb
in Frage zu kommen.

Da entschloß sich das geistliche Gericht zu einem
letzten Mittel: die Haushälterin legte sich im Weinkel-

ler auf die Lauer. Und was niemand für möglich gehalten hätte, trat ein: der Täter wurde in flagranti ertappt. Es war der Herr Kooperator, der schon am ersten Abend nichtsahnend in die Falle ging.

Mit dem Satz: „Ich bin der Teufel!" versuchte die resolute Tugendwächterin hinter dem Weinfaß dem geistlichen Sünder einen heilsamen Schrecken einzujagen. „Gott sei Dank!" soll darauf der überraschte Kaplan geistesgegenwärtig gesagt haben, „Und i hab scho gmoant, du waarst d' Pfarrerköchin …!"

Der Papagei der Pfarrerköchin

Die Pfarrerköchin von Staudach besaß einen Papagei, der in der ganzen Umgebung bekannt, um nicht zu sagen berühmt war – nicht so sehr wegen seiner Schwanzfedern, die in allen Regenbogenfarben zu schillern vermochten, sondern vor allem wegen seines knarrenden „Grüß Gott", das er jedem entgegenrief, der sich ihm näherte. (Woraus allein schon ersehen werden konnte, daß der Vogel in einem geistlichen Hause aufgewachsen war.)

Aus nah und fern besuchten deshalb die Leute den Pfarrer von Staudach und fragten wegen irgendeiner Geringfügigkeit an – nur um der Möglichkeit teilhaftig zu werden, das sagenhafte Tier zu Gesicht zu bekommen – bis den Vogel eines Tages eine späte, dafür aber umso mächtigere Sehnsucht nach seiner angestammten Heimat überkam, daß er einen leichtfertigen Augenblick dazu benutzte, aus dem offengelassenen Käfig und durch das ebenfalls offenstehende Fenster auf den nächsten Zwetschgenbaum zu flüchten.

Dort kommt just in diesem Augenblick der Lallinger Luck vorbei, der im Dorf jene Stellung einnimmt, welche in allen Dörfern den geistig Zurückgebliebenen beschieden ist: für billigen Lohn Knecht bei einem Bauern.

„Uj, is dös a schön's Vogerl!" sagt der Luck und springt auf den Baum zu.

„Grüß Gott!" krächzt der Papagei.

Da wird der Luck verlegen wie ein Schulkind früherer Zeiten, bekommt einen roten Kopf und fängt zu stottern an:

„... ent-, ent-, entschuldig'n S', i, i hob g'moant ... i hob g'moant, Sie san a Vo-, Vo-, Vog'l ... Nix für un-, nix für unguat ... und Pfüat Go- God, Herr Nachbar!"

Und weg sind sie, der Luck – und der Vogel.

Der Sepperl und die Pfarrerköchin

Der Moosbauern-Sepperl ist in den Schwammerln gwesn und bringt einen ganzen Korb voll heim: Rotkappl, Steinpilzerl mit schönen dunkelbraunen Kappen, Birkenpilzerl – wie sie halt so in den Waldgründen herwachsen – und a paar Schneckn rundherum, die gehörn auch dazu.

„Woaßt wos, Sepperl?" sagt d' Mutter, „die tragst dem Herrn Pfarrer eini, dö soll eahm d' Köchin richtn: gretzte Schwammerl, dös is allemal was Guats, dö mag unser Herr Pfarrer scho. Aber daß d' fei schö grüaßt, wennst in Pfarrhof eikimmst! ‚Gelobt sei Jesus Christus!' muaßt sagn und a Kniabeugn macha! Und sagst an schön Gruaß vo uns, und ob er dö Schwammerl mag ..."

Dann zieht der Sepperl los. Barfuß, mit einer zerrissenen Hose, dreckigen Knien und einem Korb voller Schwammerl. „Muatter, wia hoaßt dös, wos i zum Herrn Pfarrer sagn muaß?" schreit er nochmal vom Hoftürl zurück.

„‚Gelobt sei Jesus Christus!' Vergiß mir's fei ja net!"

„Gelobt sei Jesus Christus … Gelobt sei …" murmelt der Seppl vor sich hin, wie er durch die Bachwiesen läuft. Dann steht er am Pfarrhof und zieht an der alten Glocke. Ein wenig streng geht sie, aber dafür belfert sie umso lauter. Dann hört der Sepperl eine Tür zufallen und schlürfende Schritte auf dem Gang. „Gelobt sei Jesus Christus!" denkt er noch.

Aber wie die Tür aufgeht, steht nicht der hochwürdige Herr Pfarrer vor ihm, sondern eine Frauensperson, die Pfarrerköchin vielleicht.

„Ge- ge-" will der Sepperl anfangen, aber da fällt ihm gerade noch zur rechten Zeit ein, daß dieser Gruß ja wohl nur dem Herrn Pfarrer zusteht. Aber was soll er jetzt zu seiner Köchin sagen?

Da erinnert er sich Gott sei Dank einer anderen Formel, die hier bestimmt am rechten Platz war, und so sagt er laut und vernehmlich: „Gegrüßet seist du, Königin! Ob, ob der Herr Pfarrer net vielleicht die Schwammerl möcht …?"

's Mascherl am A.

Bei der Renovierung der Obertraublinger Pfarrkirche sollen in den fünfziger Jahren auf eine etwas dubiose Weise mehrere wertvolle Gemälde verschwunden sein.

Zumindest eines von ihnen scheint auch in kulturgeschichtlicher Hinsicht recht bemerkenswert gewesen zu sein. Der Künstler hatte nämlich – sehr zum Mißfallen einiger überfrommer Kirchenbesucher – die Engel so textilfrei gemalt, als tummelten sie sich an einem mediterranen FKK-Strand und nicht in einer vorkonziliaren katholischen Kirche. Einer der munteren Gesellen, ein linker Tunichtgut und Systemveränderer offenbar, reckte dem Beschauer sogar sein unbekleidetes rosiges Sitzfleisch entgegen.

Diese eklatante Verletzung der einschlägigen Moralbegriffe veranlaßte die Pfarrerköchin, so lange in den Maler zu dringen, bis dieser – wenn auch widerstrebend – die anstößige Stelle wenigstens mit einer blauen (oder war es am Ende gar eine rote?) Schleife bedeckte – schließlich wollte er es sich nicht mit seinem Brotgeber verderben. Allerdings ließ sich der Künstler diese Tektur extra bezahlen: „Für's Mascherl am Arscherl" stand dann in der Rechnung zu lesen: „17 Mark 50".

Der Ehrenbürger

Immer wieder einmal kann man in der Zeitung lesen, daß in dieser oder jener Gemeinde ein verdienter Mitmensch die Ehrenbürgerwürde verliehen bekommen hat. Das mag manchmal ein altgedienter Lehrer sein, der schon zwei Generationen von Schulkindern unterrichtet und sich auch noch um die Erforschung der Ortsgeschichte verdient gemacht hat, ein andermal wieder ist es ein Missionar, der aus der Gemeinde stammt und es in Neuguinea oder bei den Botokuden in Südamerika bis zum Apostolischen Vikar gebracht hat.

Deshalb überlegen auch die Bruckbacher Gemeinderäte, ob sie nicht ihren Herrn Pfarrer seiner zahlreichen Verdienste wegen zu seinem 75. Geburtstag mit dieser Auszeichnung bedenken sollten. Schließlich hat er im Dorf schon vor Jahren einen DJK-Sportverein gegründet und eine über die Landkreisgrenze hinaus bekannte Blasmusikgruppe ins Leben gerufen. Er ist Mitglied bei der Freiwilligen Feuerwehr, hält beim OGV Vorträge über die Bienenzucht und Kurse zum Thema Obstbaum-Veredelung – ganz abgesehen davon, daß sich eine solche Ehrung vor den anstehenden Kommunalwahlen auch sonst ganz gut macht. Und eben deswegen sucht der Bürgermeister mit einer Abordnung des Gemeinderats den Herrn Pfarrer auf und trägt ihm dieses Angebot vor.

Der Herr Geistliche Rat hört sich das alles wohlwollend an, wiegt schließlich bedächtig seinen Kopf und sagt: „Ich dank euch schön für die Ehre, aber ich glaub, das geht nicht mehr!" Die Unterhändler sind bestürzt und betroffen zugleich und meinen schließlich, dies alles mit der sprichwörtlichen Bescheidenheit ihres Seelenhirten erklären zu müssen. „Außerdem gibt es da nach oben keine Altersgrenze!" interpretiert der Bürgermeister die Rechtslage.

„Nun, das geht bestimmt nicht mehr", bleibt der Herr Pfarrer bei seiner Meinung und schmunzelt vor sich hin, „denn ihr habt mich ja schon bei meinem 65. Geburtstag zu eurem Ehrenbürger ernannt ...!"

Das Freitagsschnitzel

Der Helmbrecht Girgl von Degernbach ist an diesem Freitag zu einem Viehhandel nach Straubing gefahren. Weil die Handelschaft ganz gut nausgangen ist, sitzt jetzt der Girgl in aller Zufriedenheit im „Bayerischen Löwen" und studiert die Speiskartn.

„A schöns Schnitzl wär scho was Schöns!" denkt er, wie er so heruntersucht, „mei Alte kocht mir ja a so net sowas Feins! Saxendi!" Wie er nun grad mit seiner Wahl zufrieden ist, da fällt ihm siedheiß ein, daß ja heut Freitag ist. Aber schließlich ist er ja nicht daheim, sondern hat seine Füße unter einem fremden Tisch. Der Girgl nimmt sich also ein Herz und bestellt das Schnitzel.

„A guate Viertelstund wirds scho dauern!" sagt die Bedienung. Aber der Girgl hat Zeit, und so macht es ihm nichts aus. Im Gegenteil: Nun kann er sich eine ganze Viertelstund lang auf dieses Festessen freuen. So hockt er also vor seiner Halben Bier und ist frohgemut und guter Dinge.

Da geht wieder einmal die Tür auf, und ein Pfarrer tritt in die dunkle Gaststube. „Da schau her", denkt sich der Girgl, „der Herr Pfarrer geht aa amol ins Wirtshaus! Der is sicher aa froh, wenn er net jedn Tag dös Essn von seiner grantign Haushälterin vorgesetzt kriagt."

Aber wie der Girgl näher hinschaut, sieht er, daß das *sein* Pfarrer ist, ja, und auch die Babett ist dabei, die Köchin! Da fällt dem Girgl mit einemmal sein Schnitzel ein. Wenn das jetzt hier auf den Tisch kam! Was da der Herr Pfarrer sagen würd, und erst das Fräulein Babett! Das ganze Dorf wüßt es morgen, daß er, der Helmbrecht Girgl, am Freitag Fleisch ißt. In Grund und Boden müßt er sich schämen.

Und noch bevor sich der Herr Pfarrer in der dunklen Gaststube ganz zurechtgefunden hat, ist der Girgl schon draußn in der Kuchl und bestellt sein Schnitzel wieder ab. Er habe sichs anders überlegt, sagt er. Er hätt lieber ein paar Pfannkuchen, das wär auch seinen Gallensteinen zuträglicher. Die Wirtin ist zwar nicht recht erfreut über diese Umdisposition, aber was tut man nicht alles, um seine Gäste zufriedenzustellen …!

Dann geht der Helmbrecht Girgl wieder reinen Gewissens hinaus in die Gaststube.

„Ja Girgl!" begrüßt ihn der Herr Pfarrer, „Bist du auch herin in der Stadt?"

„Ja freilich, Herr Pfarrer, a paar Sau hab i verkaaft!"

„Ja setz di no glei her zu uns. Landsleut ghörn zsamm!" sagt der geistliche Herr und rückt näher zu seiner Haushälterin, damit der Girgl Platz hat.

Die Bedienung bringt die Speiskarte.

„No, was eß mer denn heut, Girgl?" fragt der Herr Pfarrer leutselig. Der Girgl muß noch immer an sein abbestelltes Schnitzel und an seine Pfannkuchen denken und überhört die Frage.

„I moan, i eß a Schnitzl!" sagt der Herr Pfarrer, und der Girgl glaubt, er hört nicht recht, „'s is zwar Freitag heut, aber mir san ja auswärts, mir hama d' Füß unterm fremden Tisch, da darf ma scho oans eßn, net wahr? Girgl, und was ißt nachher du?" Jetzt weiß der Girgl gar nicht mehr, was er sagen soll. Wie die Bedienung grad noch einmal zusammenfassen will: „Also dann ein Schnitzel und …", da findet der Girgl die Sprache wieder, und er sagt: „Ja, wenn sich der Herr Hochwürdn traut, nachher essert i scho aa ganz gern a Schnitzl."

„Also nachher drei Schnitzl! D' Freiln Babett schließt sich uns sicher an", faßt der Herr Pfarrer die Bestellung zusammen. „Aber hernach eß ich noch ein paar Pfann-kuchen!" sagt der Girgl zum Herrn Pfarrer und seiner Haushälterin, „ich hab heut no gar nix gessn und hab an solchen sakr..., einen solchen elendigen Hunger!"

Der „Foam" verriet ihn!

Im Mittelpunkt dieser Geschichte steht jenes nur einem wirklichen Bayern vertraute Wort „Foam", das anscheinend so weit in die indogermanische Sprachge-schichte zurückreicht, daß es sich seltsamerweise auch im Englischen findet. Es wäre allerdings unbillig, den Begriff schon an dieser Stelle ins Hochdeutsche zu übersetzen und dem der Materie unkundigen Leser das Vergnügen zu nehmen, selbst die Bedeutung dieses rät-selhaften Ausdrucks – im wahrsten Sinne des Wortes – zu ergründen.

Da bekam also ein an Peter und Paul im Hohen Dom zu Regensburg neugeweihter Kaplan in einem bekann-ten Dorf unseres Vorwaldes, das wir der Einfachheit halber Simpering nennen wollen, seine erste Koopera-torenstelle angewiesen. Da er einem alten Lutherwort und den pastoralen Empfehlungen seines Subregens zufolge „dem Volk auf das Maul schauen" wollte, hielt er es nicht unter seiner Würde, Einladungen zu Hoch-zeiten, Feuerwehrfesten und Trachtenvereinsauffüh-rungen Folge zu leisten.

Er setzte sich aber dabei nicht nur zu seinen Bauern an den Tisch, sondern hielt auch beim Trinken nach Kräften mit – ja – um die Wahrheit zu sagen – er galt bald als außergewöhnlich trinkfest – ein Umstand, der ihm einerseits die Achtung der Männer und jungen Burschen, andererseits aber auch eine gewisse Reserviertheit von seiten der meisten Frauen des Dorfes eintrug.

Um es kurz zu machen: Es trat bald etwas ein, das dieses Urteil in wenigen Tagen ins genaue Gegenteil umschlagen ließ. Beim hundertjährigen Gründungsfest der Freiwilligen Feuerwehr Simpering hatte der Kaplan vom Wirt wie immer „sein" Krügl mit dem schönen zinnernen Deckel vorgesetzt bekommen – eine Tatsache, die nicht weiter auffiel, sondern den Kaplan vielmehr als einen mit den Bräuchen wohlvertrauten Menschen auswies.

Das Verhängnis nahm erst seinen Lauf, als der 1. Kommandant einmal nach dem Absetzen der Krüge – denn „immer kann man ja auch nicht trinken!" – einen Blick in das Krügl des Herrn Kaplans warf. Obwohl das Behältnis schon halb leer war, leuchtete der Inhalt noch ganz weiß herauf.

„Da hast ja lauter Foam drin!" sagte der Kommandant, und „Wirt!" schrie er gleich, „wennst scho neu o'zapfst, dann derfst doch net unserm Herrn Koprater den ganzn Foam geb'n, dös g'hört si net, da g'hört si richtig eingeschenkt!" Und schon hatte er eine frische Maß gepackt, schüttete davon in den Krug des Herrn Kooperators und stieß auf ein neues an.

Nun stand der Herr Kaplan vor der schwierigen Entscheidung, seinem Magen ein undefinierbares Gebräu zuzumuten oder ein gut gehütetes Geheimnis preiszugeben. In den wenigen Sekunden, die ihm zur Überlegung blieben, entschied er sich für die Wahrheit. Etwas kleinlaut gab er zu, gleich zu Beginn seiner Amtszeit mit dem Wirt eine Abmachung getroffen zu haben, die sicher den eingefleischten Biertrinkern unter den Lesern bis in das Innerste zuwider sein wird: Er solle ihm jedesmal statt des edlen Gerstensaftes – Milch in den Krug einschenken.

Der Zinndeckel und – was weit verwunderlicher war – auch der Wirt hatten das Geheimnis über Monate hinaus bewahrt, bis der geübte Blick des Kommandanten der Simperinger Feuerwehr auf den zu üppigen „Foam" fiel, der die unrühmlichen Machenschaften des Herrn Kaplan ans Licht brachte.

Übrigens dürfte es jetzt am Ende der Geschichte nicht mehr nötig sein, den Begriff „Foam" näher zu definieren.

Nachzutragen wäre noch, daß der Kaplan sichtlich erfreut war, als ihn bald darauf eine Anweisung seines Bischofs in ein anderes Dorf versetzte. Wenn Sie sicher sein wollen, daß es nicht das Ihrige ist, schauen Sie Ihrem jungen geistlichen Herrn auf alle Fälle einmal ins Bierkrügl!

Der heidnische Knecht

Die Schwarzbacher haben einen neuen Pfarrer bekommen. Nachdem er sein Domizil im barock-behäbigen Pfarrhof aufgeschlagen hat, macht er seine Antrittsbesuche: beim Bürgermeister, beim Herrn Hauptlehrer und – auf den Rat des letzteren – auch beim Bräu. Dort sitzen gerade ein paar Bauern bei einem zünftigen Schafkopf beisammen. Der Herr Pfarrer – sichtlich um Kontakt zu seinen Schäflein bemüht – setzt sich zu ihnen und sieht ihnen eine Zeitlang zu. Da kommt plötzlich der Köglmeier Adam in die Wirtsstube, ein Hallodri, wie er im Buch steht, und fängt auch bald mit dem Herrn Pfarrer einen Diskurs an.

Unter anderem erzählt er ihm von einem Knecht, den er auf seinem Hof habe und der nach seinen Ausführungen ein Ausbund von Heidentum sein mußte.

Sogar die Kartenspieler haben jetzt ausgesetzt und hören aufmerksam zu – und das will schon etwas heißen.

„… wia i sag' ", beteuert der Köglmeier, „ein tüchtiger Knecht, aber zum Beichten geht er nicht ums Verrecken! Ich hab ihm schon oft zugeredet, aber davon will er einfach nichts wissen. Die letzten sechs, sieben Jahr hat er bestimmt nicht gebeichtet."

„Auch an Ostern nicht?" wirft der Herr Pfarrer besorgt dazwischen. Nein, auch nicht an Ostern!

Ungerührt von den seelischen Nöten des Pfarrers fährt der Adam in seiner Schwarzweißmalerei fort. Hochwürden freilich kann nur mehr den Kopf schütteln über so viel Verstocktheit. Längst schon hat er den Entschluß gefaßt, so bald wie möglich auch dem Knecht des Köglmeier einen Antrittsbesuch abzustatten und ihm gehörig die Leviten zu lesen.

Der Adam aber – grad so als könnt' er Gedanken lesen – erbietet sich, seinen Knecht heut noch herzubringen – hierher in die Wirtsstube.

„Jetzt in der Nacht?"

„Ja freilich, grad extra, jetzt in der Nacht!"

Und schon ist der Bauer draußen.

Eine halbe Stunde später ist der Köglmeier wieder da. Allein! „Ist er doch nicht mitgangen?" meint der Herr Pfarrer, der sich die ganze Zeit über schon eine entsprechende Ansprache zurechtgelegt hatte.

„Freilich hab ich ihn mitbracht!" lacht der Adam und wirft zunächst einmal ein in Zeitungspapier eingewikkeltes Stück Holz auf den Tisch. Alle sind gespannt, wie die Sache weitergehen soll. Umständlich reißt dann der Köglmeier das Papier auseinander und legt dem Herrn Pfarrer einen schon ziemlich abgenutzten – *Stiefelknecht* hin.

Jetzt ist alles klar. Aber der Herr Pfarrer versteht einen Spaß und lacht schallend mit.

Ein Bürgermeister stellt sich vor

Die Firmung in Daxenbach wird dieses Jahr der Herr Diözesanbischof höchstpersönlich vornehmen; das hat das Sekretariat Seiner Exzellenz den Herrn Pfarrer Hofstetter vor einiger Zeit wissen lassen.

Nach dem Kirchenrecht wäre es zwar möglich, auch den Herrn Generalvikar oder den Abt eines Klosters damit zu beauftragen, und sie hätte den gleichen sakramentalen Stellenwert, aber die Firmung durch Seine Exzellenz, den Herrn Oberhirten selbst, ist eine Auszeichnung für die Pfarrei und steht im Ansehen des gläubigen Kirchenvolks schon noch eine Stufe höher.

Diese Entscheidung hat natürlich auch ihre Folgen für die Gemeinde. Der hochwürdigste Herr Abt von Metten oder Windberg beispielsweise wäre halt mit dem Auto gekommen und inkognito im Pfarrhof abgestiegen, der Herr Bischof dagegen wird am Ortseingang von der ganzen Gemeinde, den politischen Würdenträgern und den zahlreichen Vereinsvorsitzenden empfangen und unter dem Geläut der Glocken in einem Festzug durch das ganze Dorf zum Gotteshaus geleitet. So ist es überall in Bayern der Brauch; an sich nichts Besonderes, aber der Bürgermeister Wurmdobler, der erst ein paar Monate im Amt ist, macht das in dieser Position zum ersten Mal mit, und er weiß nicht so recht, wie und auf welche Weise er sich dem Herrn Bischof vorstellen soll. Deshalb muß ihm der Herr Pfarrer Hilfestellung geben.

„Wia is jetz dös, Herr Geistlicher Rat", jammert der Wurmdobler, „wia soll i jetz dös anstelln? I kann doch koan Knicks macha, wia a Schuideandl…"

„Na, dös brauchst wirkli net", tröstet ihn sein Seelenhirte, „dös waar ja was zum Lacha. Du gehst einfach vor und sagst: „Herr Bischof, ich stelle mich vor, ich bin der Bürgermeister und heiße Sie auch im Namen der politischen Gemeinde herzlich willkommen."

„Mehrer brauchts da net, Herr Pfarrer?" fragt der Wurmdobler sicherheitshalber noch einmal nach.

„Na, mehrer brauchts da net. Der Herr Bischof is ja aa bloß a Mensch…"

Das freut das Gemeindeoberhaupt, weil er sich einen noch längeren Satz eh nicht hätt merken können. Er hat ohnedies noch genug Mühe, sich diese Formulierung einzuprägen.

Und dann ist endlich der große Tag da. Der Herr Pfarrer und die Ministranten sind in festlichem Ornat zur Stelle, die Firmkinder stehen Spalier, die Böllerschützen sind angetreten, Pfarrgemeinderat, Kolpingfamilie und Frauenbund warten bereits eine halbe Stunde in Zweierreihen, der Gemeinderat ist nahezu vollständig versammelt, die Vereinsvorsitzenden drängen nach vorne…

Als der Wagen des Bischofs heranrollt, beginnen alle Kirchenglocken zu läuten, und als Seine Exzellenz unter einem reichgeschmückten Triumphbogen Daxenbacher Boden betritt und der Kirchenchor vorzeitig

sein „Ecce sacerdos" schmettert –, da kann der Bürgermeister Wurmdobler nicht mehr an sich halten, er
marschiert zu seinem Oberhirten vor, wirft sich in die
Brust und verkündet laut und vernehmlich: „Herr
Bischof, stelln S' Eahna vor: – und i bin der Burger-
moaster...!"

Die Söhne Isaaks

In Dallackenried hat sich der hochwürdigste Herr
Diözesanbischof persönlich zur Spendung des heiligen
Sakramentes der Firmung angesagt. Seit Wochen schon
wird deshalb die Pfarrkirche auf Hochglanz gebracht,
und das ganze Dorf fiebert dem großen Ereignis entgegen.

Weil die kleine Pfarrei weitab von der bischöflichen
Residenzstadt gelegen ist, kommt Seine Exzellenz schon
einen Tag früher in das Dorf und schlägt ihr Domizil
im Pfarrhof auf, wo sie nach der anstrengenden Fahrt
und einem nicht minder anstrengenden Mittagessen zunächst der Ruhe pflegen will. Dem Herrn Pfarrer ist dies
nur recht, denn dann kann er in der Kirche noch schnell
nach dem Rechten sehen.

Dort ist gerade ein Maurer damit beschäftigt, mittels
einer dieser modernen Handbohrmaschinen, wie sie
heute schon beinah in jedem besseren Krämerladen an-
geboten werden, die letzten religiösen Accessoires an-
zubringen.

Der Herr Pfarrer weiß, daß es ein Steckenpferd seines Oberhirten ist, an jedermann einfache Fragen aus
der Bibel zu richten, um so ein gewisses Maß an reli-
giösem Grundwissen sicherzustellen.

„Also", verpflichtet der besorgte Seelenhirte den verdutzten Maurer, „sollte zufällig der Herr Bischof in die
Kirche kommen und dich fragen, dann gibst eine richtige Antwort! Wer waren denn zum Beispiel die ersten
Menschen?" „Adam und Eva!" „Gut! Und wer baute
die Arche?" „Noah!" „Sehr gut!" Der Herr Pfarrer stei-
gert jetzt die Schwierigkeit: „Wie hießen die Söhne
Isaaks?" Prompt weiß der Maurer nichts darauf zu antworten. „Esau und Jakob!" belehrt ihn der Geistliche.
„Dös werd i mir kaam merka könna!", beteuert der also Examinierte. „Dann schreibst dir halt an Zettl und
pickst ihn dir af dei Maschin ...!", ordnet der Herr Pfarrer an. Der Maurer tut, wie ihm befohlen.

Tatsächlich kommt nach einiger Zeit der Herr Bischof in die Kirche, verweilt eine Zeit in stillem Gebet
und geht anschließend auf den Maurer zu. „Guter Mann,
ich will sehen", sagt er, „was Sie noch aus dem Religionsunterricht behalten haben. Wie hießen denn die ersten Menschen?" „Adam und Eva!" kommt es wie aus
der Pistole geschossen. „Wer von den Kindern Adams
ermordete seinen Bruder?" Dieser Sachverhalt ist zwar
nicht vorbesprochen, aber unser Mann weiß es trotzdem: „Kain den Abel!" „Brav!" lobt der Bischof. „Und
wie hießen die Söhne Isaaks?" Da freut es den Maurer,
daß ihm der Herr Pfarrer noch schnell geistlichen Nach-
hilfeunterricht erteilt und einen guten Tip gegeben hat.
Er dreht unauffällig an seiner Bohrmaschine, blinzelt
auf das Etikett und verkündet dann freudestrahlend:
„Black und Decker, Exzellenz!"

Der letzte Trumpf

In der katholischen Kirche ist es nicht so wie bei den Evangelischen, daß die Gemeinde einen Pfarrer bestellt: Er wird ihr vom Bischof oder vom Generalvikar vorgesetzt! Da kann eine Gemeinde Glück haben oder auch nicht.

Die Rettenbacher hatten kein Glück mit ihrem Pfarrer. Seine Messen waren immer ein Gutteil länger als in den Nachbarpfarreien, im Beichtstuhl waren seine Bedenken größer und die Bußen strenger, und Hochwürden ging auch nicht ins Wirtshaus. Von einem zünftigen Schafkopf oder Tarock gar nicht zu reden!

Kurz und gut, schon nach einem Jahr schickten die Rettenbacher eine Abordnung von drei Gemeinderäten und drei Mitgliedern des Kirchenvorstands in die Domstadt, auf daß sie dort im Bischöflichen Ordinariat dies alles zur Sprache bringen und eine Versetzung ihres Pfarrers in eine andere Pfarrei in die Wege leiten sollten.

„Wissen S', Exzellenz", sagt ihr Wortführer, „der paßt halt gar net zu uns. Seine Messn san z' lang, in der Beicht is er z' streng, und ins Wirtshaus geht er aa net ... Dös is doch koa Pfarrer für uns ...!"

Der Bischof hört sich die Ausführungen und Beschuldigungen stillschweigend an, nickt hin und wieder bedächtig mit dem Kopf, während sein Sekretär Punkt für Punkt zu Protokoll nimmt.

Als die Rettenbacher schließlich ihr ganzes Pulver verschossen haben, steht der Bischof auf und sagt: „Meine Herren, ich werde das alles in meinem Herzen bewegen und dann eine Entscheidung treffen. Sie hören wieder von mir. Und nun Gott befohlen ...!"

Die Rettenbacher Delegation verabschiedet sich; einer macht beim Verlassen der bischöflichen Amtsräume sogar ein Kreuzzeichen.

Plötzlich geht die weißlackierte Flügeltür mit den vergoldeten Holzblenden noch einmal auf, und einer der Rettenbacher Unterhändler schiebt seinen Kopf durch und sagt: „Noch was, Exzellenz, dös hättn mir beinah vergessn: Wenn er amol net predign mag, unser Herr Pfarrer, nachher ziaght er a so an saudumma Hirtnbriaf vüra und liest 'n uns vor …!"

Dem Vernehmen nach warten die Rettenbacher noch immer auf die Versetzung ihres Pfarrers.

Die Rückfrage des Bischofs

Da hat sich doch tatsächlich so ein Gaudibursch die Frechheit erlaubt und eine Anzeige in die Zeitung gesetzt, daß der Pfarrer Zirngibl von Wimpasing zum Leidwesen seiner ganzen Gemeinde eines seligen Todes gestorben sei.

Als der Herr Pfarrer beim Frühstück seine eigene Sterbeanzeige liest, trifft ihn beinahe der Schlag, und um ein Haar hätte dann die Meldung auch noch der Wahrheit entsprochen.

Damit höheren Orts nicht allzu große Komplikationen aufträten, ruft der Herr Pfarrer auf der Stelle im bischöflichen Ordinariat an und verlangt dringend den Herrn Bischof zu sprechen.

„Hoffentlich haben Sie heute noch nicht die Zeitung gelesen, Exzellenz!" fängt der Pfarrer vorsichtig an. „Doch, doch", sagt der Bischof, „natürlich habe ich die schon gelesen. Aber sagen Sie, Herr Konfrater, von wo aus rufen Sie eigentlich an …?"

Im feuchten Keller

Bei der Visitation des Poschinger Pfarrhofs, die der hochwürdigste Herr Bischof im Zusammenhang mit der Spendung des Firmsakramentes vornimmt, sagt Seine Exzellenz zum Pfarrer: „Zum Schluß hätte ich jetzt gerne noch Ihren Keller gesehen, der ja – wie man mir berichtet hat – ziemlich feucht sein soll." „No ja, es geht!" sagt der Pfarrer Schreiber und überlegt dabei, ob er den Satz wörtlich nehmen oder im übertragenen Sinn auffassen soll.

„Ich möchte ihn aber trotzdem sehen!" insistiert der Bischof. Da wird der Pfarrer dann doch ein wenig nervös. Es stehen bzw. liegen nämlich viele Dutzend leerer Weinflaschen im Keller.

„Die Treppe ist aber ziemlich marod!" versucht der Pfarrer die mißliche Situation in letzter Minute doch noch zum Besseren zu wenden. „Wenn Eahna da ebbs passiert, net zum Ausdenka …!"

„Da brauchen Sie keine Angst haben", versichert ihm der geistliche Würdenträger, „einem Bischof passiert so leicht nichts …! Der hat einen besonderen Schutzengel!"

Und dann steigen die zwei in den Keller hinunter. Als der Bischof der vielen leeren (aber zum Teil auch vollen) Weinflaschen auf dem Boden, in den Regalen und Kisten ansichtig wird, meint er: „Da sehe ich aber viele Tröster in trüben Stunden, wenn auch die meisten schon tot sind …"

„Aber Sie können beruhigt sein, Herr Bischof", sagt der Pfarrer Schreiber, „von denen ist nicht ein einziger ohne geistlichen Beistand gestorben …!"

Das Schäferstündchen
zu Häupten des Bischofs

Da hatte sich in den fünfziger Jahren ein junger Bursch aus dem Regensburger Hinterland in ein hübsches und tüchtiges Niedertraublinger Bauernmädchen verliebt und kam nun jeden Sonntag mit seinem Schnauferl angefahren, um seine Angebetete zu sehen und in ihrer Nähe zu sein.

Weil man sich aber in solchen Situationen hin und wieder etwas zu sagen hat, das die Ohren der Eltern nicht unbedingt zu hören brauchen, unternahmen die beiden gelegentlich kürzere oder – wenn notwendig – auch längere Spaziergänge über die Felder und Wiesen.

Einer von ihnen führte sie einmal in den ein paar Kilometer entfernten Burgweintinger Wald. Weil nun das Mädchen damals zu seinem Unglück (oder war es von rückwärts betrachtet sein Glück?) ein Paar Schuhe angezogen hatte, die zwar die Füße recht zierlich erscheinen ließen, aber die Trägerin doch nicht darüber hinwegtäuschen wollten, daß sie eine oder vielleicht sogar zwei Nummern zu klein waren, erklomm das Liebespaar umgehend einen der zahlreichen Hochsitze, die sich in diesem guten Jagdrevier befanden. Wie sie bald feststellten, war das gar keine so dumme Sache. Man hatte seinen Sitzplatz, war einander nahe und konnte sich schöne Dinge sagen.

Darüber verging die Zeit, und die beiden – über ihren Liebesbezeugungen ohnedies etwas in Terminnot geraten – mußten heim zur Stallarbeit –, das Mädchen nach Niedertraubling, der Bursch in die Pielenhofener Pfarrei.

Gerade in dem Augenblick aber, in dem die beiden aufbrechen wollten, fuhr unter ihrem Hochsitz ein nobler Wagen vor, hielt an, ein Herrenfahrer stieg aus, ging um das Auto herum, öffnete auf der anderen Seite die Tür – und aus stieg Seine Exzellenz Dr. Michael Buchberger, Erzbischof der Diözese Regensburg.

„Das ist aber ein schönes Plätzchen, Herr Chauffeur!" sagte der Bischof.

„Ja freilich, Exzellenz", antwortete der Diener. „Da können S' ungestört Brevier beten, während ich den Tages-Anzeiger les'." Der Bischof nahm tatsächlich das Breviarium Romanum zur Hand und ging bald betenderweise ein paar Schritte hin und wieder ein paar Schritte her, wie die Peripatetiker im alten Athen – während der bischöfliche Chauffeur derweilen im weich gepolsterten Auto saß und die Zeitung studierte.

Die beiden Verliebten zu Häupten des Bischofs getrauten sich aber nicht, das leiseste Geräusch zu machen, geschweige denn, die Leiter herunterzuklettern. Stumm saßen sie in ihrem offenen Käfig ängstlich jenen Augenblick erwartend, da der Gottesmann seine Augen zum Himmel kehren würde …

Endlich klappte die Exzellenz das Gebetbuch zu und ging zum Auto. Die beiden Liebenden im Baum atmeten auf.

„Jetzt wär eine Maß Bier recht, Herr Chauffeur!" sagte der Bischof. „Aber Exzellenz!" entsetzte sich der Angesprochene, so viel dürfen S' ja gar nicht trinken!"

„Noja, eine kleine schon!" meinte der Bischof. „Aber wissen S' was? Wenn ich jetzt antizipieren tät, (antizipieren = einen Teil des am nächsten Tag fälligen Breviergebets vorwegnehmen), nachher könnt ich mir hernach schon ein Maßerl genehmigen, ein kleines natürlich!"

Gesagt, getan! Der Bischof wurde wieder zum Peripatetiker und absolvierte auch noch den vorwegnehmbaren Teil des morgigen Breviergebetes, der Chauffeur vertrieb sich die Zeit mit dem Regensburger Bistumsblatt und dem Altöttinger Liebfrauenboten, und die beiden auf dem Hochsitz fröstelten und rückten in aller Vorsicht und soweit es die Schicklichkeit zuließ, noch näher zusammen.

Anscheinend geht aber doch vom Gebet eines Bischofs ein auch in den Umkreis wirkender Gnadenstrom aus. Denn heute ist das Liebespaar von ehedem schon an die 40 Jahre gut verheiratet, hat tüchtige Kinder und auch schon wieder eine ganze Schar Enkelkinder. Und hin und wieder denken die beiden an die Zeit zurück, als sie einmal mit einem leibhaftigen Erzbischof zusammen ein wenn auch ziemlich wortkarges, dafür aber umso längeres Schäferstündchen verbracht hatten.

Die Frage des Heiligen Vaters

Der Vater der Christenheit im Vatikan hatte wieder einmal ein Heiliges Jahr proklamiert, und diese erfreuliche Kunde war bis in das abgelegene Walddorf Breitenried gedrungen, nicht zuletzt dank des rührigen Pfarrherrn, der auch gleich – geschäftstüchtig wie manche Pfarrer heutzutage sind – eine Omnibusfahrt in die Ewige Stadt zu organisieren begann.

Auch der Ausnahmbauer Xaver Höglmeier, schon von Geburt an ein treuer Sohn der heiligen Mutter Kirche, ließ sich für diese Idee erwärmen und meldete sich beim Pfarrgemeinderatsvorsitzenden an. Bevor er aber die über tausend Kilometer lange Fahrt in den sonnigen Süden antrat, ging er auf Anraten seines Weibes noch einmal zum Bader, um sich seinen dicken Winterpelz scheren zu lassen, auf daß ihm dort die Hitze nicht allzusehr zusetze.

Die Kunst des Barbiers von Breitenried dürfte aber im umgekehrten Verhältnis gestanden sein zu seiner – zum Teil wohl auch berufsbedingten und daher verständlichen – Neugierde.

Xaver Höglmeier mußte seine – wenngleich erst geplante – Romfahrt in allen Einzelheiten darlegen und erwähnte unter anderem die vorgesehene Generalaudienz beim Heiligen Vater, die übrigens der Bader bei der Kundschaft der nächsten Tage gleich zu einer Privataudienz hochstilisierte.

Nun wäre allerdings auch über den Ablauf dieser Romfahrt eine Unmenge zu erzählen, aber das ergäbe einen mehr als ellenlangen Bericht. Beschränken wir uns deshalb auf das spätere Zusammentreffen unseres Rompilgers mit dem Breitenrieder Haarkünstler, bei dem Xaver Höglmeier der Neugierde des waldlerischen Figaros einen kleinen Denkzettel zu verpassen gedachte.

„Bist jetz' du wirkli' in Rom gwen?" fragte jener unseren modernen Wallfahrer. „Ja freilich!"

„Hast aa nachher a Audienz beim Heilig'n Vater g'habt?"

„Ja."

„Hat er dir ebba sogar d Händ afg'legt?"

„Ja."

„Hat er ebba sogar ebbs g'sagt zu dir?"

„Freili'!"

„Ja, und was 'n nachher?"

An dieser Stelle holte Xaver Höglmeier endlich zum

entscheidenden Schlag aus und sagte: „Er hat glei als erst's g'fragt: Was für a Hanswurscht hat dir denn deine Haar g'schnitt'n?"

„Du kennen Pontius Pilatus?"

Das Kloster St. Marien in einem kleinen Städtchen irgendwo in unserem schönen Bayernland baute einen Kindergarten. Den Auftrag hatte – des wesentlich preisgünstigeren Angebots wegen – ein auswärtiges Bauunternehmen bekommen, das – wie sich gleich zeigen wird – mit den örtlichen Verhältnissen nicht so ganz vertraut zu sein schien.

Eines Tages nämlich hatten einige Schwestern des besagten Klosters einen privaten Fasttag eingelegt, und so waren vom Mittagstisch einige gute Portionen übriggeblieben, die die ehrwürdige Mutter in einem Akt psychologischer Selbstüberwindung auf die nahe Baustelle tragen wollte, auf daß die Arbeiter dort nicht nur aus der Tüte futtern mußten.

Um aber, wie es in der Heiligen Schrift heißt, die Perlen nicht vor die Säue zu werfen, oder blind wie die heidnische Göttin Fortuna ihr Füllhorn auch über Unwürdige auszugießen, nahm sie sich vor, das Glaubenswissen der zu Beschenkenden mit Hilfe kleiner Testfragen zu überprüfen. Sie wollte methodisch vorgehen und gedachte, mit keiner allzu schweren Frage zu beginnen. Unter der Vielzahl der für solche Zwecke sich anbietenden Namen wählte sie den nächstbesten, der ihr in den Sinn kam.

Mit einer nicht zu gering einzuschätzenden Portion Heldenmut ging sie dann auf einen der vielen Halb-

nackten zu, der gerade eine Flasche Bier an den Mund setzte und sich anschickte, sie in einem Zuge leerzutrinken. „Kennen Sie den Pontius Pilatus?" fragte die Frau Oberin. Der ob der unerwarteten Erscheinung auf der Baustelle sichtlich aus dem Konzept Gebrachte riß Mund und Augen auf und brachte nur ein gurgelndes „Ha?" hervor. Die ehrwürdige Mutter – in langen Klosterjahren geübt in christlicher Demut und Geduld – wiederholte ihre Frage, wobei sie den Namen besonders langsam sprach, ja ihn beinahe buchstabierte. Da ging ein Leuchten über das Gesicht des schwarzhaarigen Sohnes eines Landes jenseits der Alpen, und er sagte: „Jetzt ich verstehen!" Dann wandte er sich um, suchte den Polier und sagte zu ihm: „Chef, Du kennen Pontius Pilatus? Seine Alte sein da und bringen ihm warmes Essen!"

Gottvertrauen

Die Tagung im Exerzitienhaus der Diözese hat sich etwas länger hingezogen als ursprünglich angenommen, und so ist Schwester Innocentia ein wenig in zeitlichen Verzug geraten, denn sie wird an diesem Tag auf jeden Fall noch im Mutterhaus zurückerwartet. Es ist auch verständlich, daß eine Klosterschwester nicht einfach so mir nichts dir nichts in einem Gasthaus übernachten kann.

Aber manchmal scheint gerade bei geistlichen Personen der Teufel seine Hand stärker ins Spiel zu bringen als bei den Weltkindern. Wie sollte es auch sonst zu erklären sein, daß das Auto von Schwester Innocentia plötzlich nur noch ein bißchen vor sich hintuckert, dann heftig zu stottern beginnt und schließlich vollends seinen Geist aufgibt.

Da ist guter Rat teuer. Denn die ehrwürdige Schwester kennt sich zwar in verschiedenen klösterlichen Disziplinen aus, in der Paramentenkunde beispielsweise oder auf dem Gebiet der Topfpflanzen, aber in Autofragen ist sie ein absoluter Laie. Sie drückt hier einen Knopf, dreht dort an einem Schalter, aber der Karren reagiert auf keine noch so liebevolle Zuwendung. Und fluchen soll eine Klosterschwester natürlich auch nicht.

Da fällt ihr hilflos herumirrender Blick endlich auf die Benzinanzeige. Ja, das konnte es sein: Der Tank ist leer! Es können zwar noch an die fünfzehn, vielleicht auch nur zehn Kilometer ins Mutterhaus sein, aber auch für so eine kurze Strecke braucht man Sprit, da beißt die Maus keinen Faden ab. Es hilft also nichts: Die Schwester muß ihr Vehikel am Straßenrand stehen lassen und in der hereinbrechenden Nacht per pedes apostolorum zur nächsten Tankstelle latschen.

Zum Glück – denn selten ein Unglück, bei dem nicht auch ein bißchen Glück dabei ist! – zum Glück hat sie gesehen, daß sie vor ein paar hundert Metern an einer solchen Servicestation vorbeigefahren ist.

Die Anlage ist zwar schon geschlossen, aber Schwester Innocentia nimmt ihren ganzen Mut zusammen und klingelt den Pächter aus dem Schlaf. Allerdings ergibt sich da schon wieder ein neues Problem: die junge Ordensfrau hat nicht so viel Geld eingesteckt, daß sie sich zum Benzin dazu noch einen Kanister leisten könnte. Nach einigem Herumsuchen findet sich im Umfeld der Tankstelle als einzig mögliches Gefäß ein Potschamperl, das eine kinderreiche Familie auf der Fahrt in den Urlaub vergessen haben muß.

Der Tankstellenpächter füllt also der Schwester das Haferl voll, und diese eilt damit zu ihrem verlassenen fahrbaren Untersatz zurück.

Gerade als sie mit viel Müh und Not versucht, den kostbaren Treibstoff ohne größere Verluste einzufüllen, hält ein Auto an, und ein Geistlicher steigt aus; er sieht der Prozedur eine Zeitlang wie gebannt zu und sagt dann voll ehrlicher Bewunderung: „Schwester, Ihr Gottvertrauen möcht ich auch haben …!"

Das freudige Ereignis

Der Hirtreiter von Buchberg hat in der Stadt eine Tante im Kloster. Weil er bei einem Termin auf dem Finanzamt früher fertig geworden ist, beschließt er, im besagten Konvent vorbeizuschauen, um mit der geistlichen Tante, die er schon einige Jahre nicht mehr gesehen hat, ein paar Neuigkeiten auszutauschen.

An der Pforte wird der Hirtreiter von einer gütigen alten Schwester nach seinem Begehren gefragt.

„Ja, wissen S', Schwester", gatzt der Hirtreiter heraus, „mei Tante hätt i gern bsuacht, die Schwester Himiltrud …, i moan, wenn 's gang, wenn 's gehert, wenn es ginge …!" „So, so", sagt die Pförtnerin, „das ist schön, aber Sie wissen anscheinend noch nicht, daß Ihre Tante inzwischen ehrwürdige Mutter geworden ist …?"

Da wird der Hirtreiter mit einem Male ganz verlegen und weiß eine Zeitlang überhaupt nicht mehr, was er sagen soll. Erst nach und nach derfangt er sich wieder: „Was haben S' da gsagt? Ehrwürdige Mutter …? Ah geh …!" Und nach einer längeren Pause: „Ja mei, da kann ma nachher aa nix macha. Dös is halt jetzt amol a so …" Und mit einem leisen Vorwurf in der Stimme sagt er: „… aber schreibn hättn Sie 's uns trotzdem könna, daß mir wenigstns zu der Tauf kommen wärn …"

Die Steigerung

Drei Tippelbrüder beschließen, auf ihrer Betteltour durch die Stadt auch im Kapuzinerkloster vorbeizuschauen und nacheinander um einen Teller warmer Suppe zu bitten.

Der ältere macht den Anfang und kommt tatsächlich bald darauf mit einem Teller Kartoffelsuppe und einem großen Butterbrot zurück.

„Wia hast denn dös angstellt?" fragen ihn die beiden anderen. „Ganz einfach", sagt der, „i hab eahna erzählt, daß mei Deandl in unserer Pfarrei den ‚Altöttinger Liebfrauenboten' austragt …"

Daraufhin versucht der zweite sein Glück und erscheint kurz darauf ebenfalls mit einem Napf Suppe, in dem sogar zwei dicke Würste liegen.

„Zefix …! Wia bist denn zu dene kemma?" wollen seine Kollegen wissen.

„Nix einfacher wia dös", erklärt der Kumpel, „i hab dem Bruder Pförtner gsagt, daß mei Tante Oberin bei dö Mallersdorfer Schwestern is …"

Nun probiert auch noch der jüngere sein Glück, kommt aber schon bald mit leeren Händen zurück, gefolgt von einem schimpfenden Pater, der mehr dem Erzengel Gabriel am Eingang des Paradieses als dem heiligen Bruder Konrad gleicht. „Marsch, hinaus mit euch!" donnert er die drei an und weist ihnen die Tür.

„Ja, was hast denn du angstellt?" fragen die ersten beiden bei einer Verschnaufpause ihren Kollegen.

„Ja mei", sagt der, „i wollt halt a bisserl a Steigerung neibringa und hab gsagt, daß mei Vater aa a Kapuziner is…"

Der Schwager

Der Bichler Lenz geht allmählich auf die 80 zu. Er stammt also noch aus einer Zeit, in der man nicht unbedingt krankenversichert sein mußte, denn erstens haben damals viele Leute zeit ihres Lebens kein Krankenhaus von innen gesehen, und zum zweiten bauten sich die Versicherungen – nach der Ansicht des Lenz – mit den Beiträgen ohnedies bloß marmorne Paläste.

Heuer zur Kirschenzeit ist der Lenz mit seinen nahezu 80 Jahren noch auf den Kirschbaum gestiegen wie ein Junger, aber die Leiter ist ihm unter den Füßen weggerutscht, und der Lenz ist vom Baum gefallen und hat sich einen Fuß gebrochen.

Sieben lange Wochen hat er in der Klinik bleiben müssen, der Lenz, bis er wieder einigermaßen gehfähig ist. Als er endlich das Krankenhaus verlassen darf, weiß die Büroschwester nicht, was sie mit der Rechnung machen soll, denn der Lenz ist in keiner Kasse und hat auch selber kaum das Nötigste zum Beißen und zum Anziehen.

„Haben Sie denn niemanden, der Ihnen ein bißchen unter die Arme greift?" fragt die Schwester teilnahmsvoll.

„Na", antwortet der Lenz lakonisch, „i hab neamdn,

koan Menschn ... bis af a Schwester, die is aber im Kloster, die is selber arm ...!"

„Nun, arm", sagt die Schwester, „arm ist die wohl
nicht gerade, sie ist ja mit dem Herrgott verheiratet ...!"

„Ah so", sagt der Lenz und legt seine Stirne in Falten, als wälze er tiefschürfende Gedanken.

„Nun, lieber Herr Bichler", dringt die Schwester in
ihn, „an wen sollen wir denn jetzt die Rechnung
schicken?"

„Wissen S' was, Schwester", sagt der Lenz, „wenn i
mir dös a so überleg, was Sie grad vorhin gsagt habn ...,
schicken Sie s' doch an mein Schwagern ...".

Der Teufel in der Wallfahrtskirche

Der Pilgramsberg im Vorderen Bayerischen Wald ist
nicht so frequentiert wie Altötting; auch die Muttergottes vom Bogenberg kann sich eines wesentlich größeren Zuspruchs erfreuen. Aber bei kleineren Anliegen
ist die Himmelmutter vom Pilgramsberg noch allemal
recht hilfreich gewesen.

Das kleine Haus neben der Wallfahrtskirche auf diesem waldlerischen „mons sacer" ist das Mesnerhaus,
besser gesagt: das Mesnerinnenhaus, denn bereits eine
geraume Zeit vor der großen Emanzipationswelle versah dort eine Mesnerin ihren halbwegs geistlichen
Dienst. In der freien Zeit kümmerte sie sich um ihren
Vater, der schon ein wenig altersschwach auf den Bei-
nen stand, aber doch seiner Tochter, so gut er konnte,
zur Hand ging, wenn er sich hin und wieder besser fühlte. So sperrte er beispielsweise am Abend die Kirche ab,

fütterte die Geißen, gab den Blumen Wasser und läutete mit der kleinen Glocke das Abendgebet.

Genau bei dieser Verrichtung mußte ihm heute der Geißbock in das Gotteshaus gefolgt sein. Völlig unbemerkt, denn als der Mesner nach dem Gebetläuten die Kirche zusperrte, fiel ihm nicht das geringste auf. Weil ihm aber schon hin und wieder das Gedächtnis einen Streich gespielt hatte, vergewisserte er sich – um ganz sicher zu gehen – noch einmal, ob die Tür auch wirklich abgeschlossen war. Denn gerade Wallfahrtskirchen werden ja besonders gerne von lichtscheuem Gesindel heimgesucht! Und während so der Mesner etwas an der Tür rüttelte, hatte er den Eindruck, daß von drinnen jemand dagegenstieß, wetzte und scharrte. Der Mesner sah durch das Schlüsselloch, und – beinahe hätte ihn der Schlag getroffen – da erkannte er tatsächlich ein schwarzes Fell und einen Bocksfuß, und wenn er seine Stellung etwas veränderte, konnte er auch noch ein Paar gekrümmte Hörner entdecken. Immer wieder rannte dieses unheimliche Wesen gegen die Tür an. Das konnte nur der Gottseibeiuns sein, der Höllenfürst persönlich.

Der Mesner wußte sich nicht mehr zu helfen. Da er in der Studierstube des Herrn Pfarrers noch Licht sah, hastete er in den Pfarrhof und zog ein paarmal an der Glocke. Nach einiger Zeit erschien auch der hochwürdige Herr im Hausrock und in Filzpantoffeln, etwas ungehalten, weil ihn der Mesner von der Vorbereitung der Sonntagspredigt weggeholt hatte.

Der alte Mann brachte zwar sein Anliegen etwas verworren vor, aber weil er am ganzen Körper zitterte, ging der Herr Pfarrer schließlich doch mit. Und tatsächlich: in der Kirche war ein heftiges Poltern und Stoßen, ein

Scharren und Kratzen zu hören, daß auch dem Geistlichen – obwohl in diesen übernatürlichen Dingen etwas erfahrener als sein in Ehren ergrauter Gehilfe – eine Gänsehaut über den Buckel lief. Die beiden Gottes-
männer sperrten schließlich mit vereinten Kräften die
Tür auf, und da fuhr auch schon – so viel war sogar in
der Dunkelheit noch zu erkennen – ein gehörntes Un-
getüm heraus, dem Herrn Pfarrer zwischen die Beine
hinein und mit der ungewohnten Last durch den Pfarr-
garten davon. „Mesner, schau daß d' ins Haus kimmst",
schrie der Pfarrer zurück, „mi hat er schon …!"

Der Fünfer im Klingelbeutel

Ambrosius Klingshirn war in Leutersried so etwas
wie ein ungekrönter König. Er besaß nicht nur den
größten Waldbestand der Gemeinde, sondern auch einen vom Landwirtschaftsamt als musterhaft deklarier-
ten Viehstand und eine nach modernsten Gesichts-
punkten errichtete Hähnchenmästerei. Wer aber nun
glaubt, daß Ambrosius eine seinem Reichtum entsprechend freigebige Hand gehabt hätte, der irrte sich. So
berühmt er als bäuerlicher Krösus war, so bekannt war
er auch als Geizhals.

Zwar holte er jeden Sonntag betont bedächtig und
umständlich einen blanken Fünfer aus seiner abgeschabten Geldbörse, hielt ihn – für seine Banknachbarn
gut sichtbar – zwischen Daumen und Zeigefinger seiner rechten Hand und warf ihn dann mit einer solchen
Geschicklichkeit in den an einem langen Stab befestigten Klingelbeutel des Mesners, daß jedesmal das Nie-

derfallen des aufgeopferten Geldstückes deutlich zu hören war.

Die wöchentliche Spende von fünf Mark machte immer wieder Eindruck auf die Bauern, die mit Klingshirn die Bank teilten – bis dann eines Tages Zweifel an der hochherzigen Gabe aufkamen.

Der Mesner – über diesen Sachverhalt genauestens befragt – hatte beteuert, daß mindestens seit einem Jahr kein Fünfer mehr aus dem Klingelbeutel ans Tageslicht gekommen sei. Nach wie vor aber spendierte Ambrosius Klingshirn Sonntag für Sonntag seinen blanken Silberling. Daß nun das nicht mit rechten Dingen zugehen konnte, war klar.

Gegen angemessenes Honorar unternahm es schließlich der Bielmeier Heinerl, ein armer Häuslmann, das Mirakel zu ergründen. Schon am nächsten Sonntag versuchte er, in die unmittelbare Nachbarschaft des alten Geizkragens zu kommen – ein Versuch, der nicht auf Anhieb gelang, weil Ambrosius mit bewundernswerter Hartnäckigkeit seinen Eckposten am Mittelgang verteidigte. Als es jenem dann endlich geglückt war, Banknachbar des Hähnchenmästers zu werden, konnte er auch nichts anderes feststellen, als daß die Sache ihre Richtigkeit habe und Klingshirn tatsächlich Sonntag für Sonntag ein Fünfmarkstück opfere.

Es gab aber immer noch einige Zweifel, die den Bielmeier Heinerl weiter auf Sherlock Holmes' Spuren wandeln ließen – bis dieser schließlich seinen Auftraggebern verkünden konnte, daß er der Lösung des Rätsels schon recht nahe sei und möglicherweise bereits am nächsten Sonntag die Bombe platzen lasse.

Just in dem Augenblick nun, in dem der rotsamtene Beutel den Platz erreicht hatte, an dem Ambrosius

Klingshirn eben wieder seine Spende zur Schau gestellt hatte, schlug ihm der Häuslmann mit der flachen Hand auf das Silberstück, das auf solche Weise sicher im Klingelbeutel landete. Aber auch ein gelbes Zehn-Pfennig-Stück fiel dem also Entlarvten aus der Hand und kollerte den Mittelgang entlang, bis es sich irgendwo auf die Fliesen legte.

Nun war es offensichtlich: Klingshirn hatte es stets mit einer gewissen Geschicklichkeit fertiggebracht, den Fünfer nach der offiziellen Vorstellung in der Innenhand verschwinden und an dessen Stelle das dort verborgene Zehn-Pfennig-Stück fallen zu lassen.

Aber die Sache scheint doch noch ihr Gutes gehabt zu haben; denn von nun an war – und man darf den Worten des Leutersrieder Mesners durchaus Glauben schenken! – gelegentlich doch ein Silberstück im Klingelbeutel zu finden.

Der Zwirl

Die Gstettenbäuerin hat drei erwachsene Töchter. Zwei von ihnen sind bereits seit längerer Zeit in den heiligen Stand der Ehe getreten, die jüngste dagegen ist der Ansicht, zu so etwas müsse man sich Zeit lassen.

Die Gstettenbäuerin hätte aber gern Enkel gesehen. Und die wollen und wollen sich bei den jungen Leuten nicht einstellen, wie das eben heute (im Gegensatz zu früher) so ist. Deshalb klagt die besorgte Mutter eines Tages dem Herrn Pfarrer ihr Leid.

„Gstettenbäuerin", sagt der, „da kann ich nicht viel sagen dazu. Ich weiß nur, daß früher die Leute in solch diffizilen Anliegen gerne auf den Bogenberg gewallfahrtet sind und dort der Gottesmutter ihr Herz ausgeschüttet haben." (Tatsächlich wird auf diesem mons sacer Niederbayerns eine Madonna gravida, eine Muttergottes in der Hoffnung, verehrt.)

Die Bäuerin wallfahrtet also auf den Rat ihres Seelsorgers zum Bogenberg und klagt dort der Himmelmutter ihre Not. Auf eine merkwürdige Art getröstet, kehrt sie wieder heim.

Nach einigen Monaten trifft sie eines schönen Tages den Herrn Pfarrer auf der Straße.

„Na, Gstettenbäuerin", fragt er die Großmutter in spe, „kann man schon was sagen?" „O mei, o mei", jammert die, „da is a Zwirl einikemma. Entweder i habs net gscheid vürabracht, oder d' Muattergottes hat si verhört – die Jüngste soll s' ja aa nimmer sei! –, stelln S' Eahna vor: – jetzt kriegt d' Leni, die Ledige, a Kind …!"

Der Fachausdruck

Es ist schon ein Kreuz heutzutage. Früher hatte jede noch so kleine Pfarrei in Bayern ihren gestandenen Mesner, und der wiederum hatte ein ihm rechtmäßig angetrautes Eheweib, das beispielsweise die Kirchenwäsche zu versorgen hatte. Heute dagegen avanciert oft schon in durchaus respektablen Landpfarreien ein bloßer Ministrant zu diesem ehrenwerten Beruf, und wer soll sich dann da noch um die liturgischen Gewänder kümmern?

So bleibt Pfarrer Ruckdeschl nichts anderes übrig, als einige zerschlissene Alben zum Dorfschneider Simoneit zu bringen, auf daß sie der wieder einigermaßen zusammenflicke. Das ginge ja nun noch, aber Horst

Simoneit stammt nicht von hier, sondern – wie schon sein Name dem Kundigen verrät – aus Ostpreußen. Nun gut, selbst das wäre noch zu akzeptieren, denn auch anderswo gibt es fleißige und tüchtige Menschen. Aber der Dorfschneider Simoneit ist Protestant! Und das verkompliziert die Sache ganz gewaltig.

Freilich: Im Zeichen der Ökumene ist schließlich auch diese bedauerliche Tatsache kein unüberwindbares Hindernis für wirtschaftliche Beziehungen, und so kommen Pfarrer Ruckdeschl und der Schneider Horst Simoneit trotzdem ins Geschäft. Schwierig wird es für den Meister der heißen Nadel nur beim Abfassen der Rechnung. Denn der evangelische Dorfschneider kennt beim besten Willen den Terminus technicus für diese ihm völlig unbekannten liturgischen Gewänder nicht. Selbst ein längeres Blättern in der Heiligen Schrift und in Luthers Gesangbuch bringen ihn nicht weiter.

Schließlich schreibt er einfach auf die Rechnung: „Drei Nachthemden für je zwei Personen repariert, macht DM soundsoviel …"

Der Terminus technicus

Der Herr Dekan von Miething ist seiner großen seelsorgerlichen Verdienste wegen beinah über Nacht Domkapitular geworden, und weil seine Köchin schon vor einiger Zeit das Zeitliche mit dem Ewigen vertauscht hat, muß er sich um eine Haushälterin umsehen, denn das gemeinsame Leben von Klerikern ist in der Bischofsstadt noch nicht Mode. Eine entfernte Verwandte aus dem Bayerischen Wald scheint die Richtige zu sein. Der einzige Nachteil, der ihr anhaftet: sie ist noch ein bißchen jung und hat das kanonische Alter noch längst nicht erreicht. Aber viel Auswahl hat man heutzutage nicht, das weiß jeder, der sich hin und wieder in geistlichen Kreisen bewegt. Daß das Mädchen darüber hinaus auch noch ein wenig schüchtern ist, ist weniger schlimm. Das wird sich mit der Zeit schon legen, denkt sich der Herr Domkapitular.

Besonders hat es dieser geistlichen Eliza Doolittle der gotische Dom der Bischofsstadt angetan: die hohen Türme, die bunten Glasfenster, die schlanken Säulen ... In ihrer freien Zeit studiert sie mit Hingabe die einschlägige kunstgeschichtliche Literatur, die in der letzten Zeit gerade zu diesem Thema recht üppig ins Kraut geschossen ist.

Am Nachmittag ist heute Priesterratssitzung, und deshalb muß der hochwürdige Herr nach dem Mittagessen schon wieder weggehen und hat nicht einmal mehr Zeit für ein kleines Nickerchen.

„Herr Domkapitular, Ihre Kleidung ..." flüstert die Haushälterin verschämt. „Ja ...?"

„Ihre Kleidung ist nicht ganz in Ordnung ..."

„Ja, was ist mit ihr? Sagn Sie 's schon ...!"

„Ein Knopf fehlt ...!" antwortet das Mädchen und wird ein wenig rot.

„Wo denn ...?" drängt der geistliche Herr.

„Am Hauptportal ...!" sagt Eliza.

Unerwünschte Einmischung

In Bernried führt die Pfarrgemeinde seit einigen Jahren in der Karwoche eines jener Passionsspiele auf, wie sie in der Barockzeit nahezu in jeder größeren Pfarrei gespielt wurden und heute wieder mehr und mehr zu einem gewissen Ansehen kommen, wobei im Hinterkopf des einen oder anderen Bürgermeisters auch eine mögliche vorteilhafte Auswirkung auf den Fremdenverkehr herumspuken mag.

Bei der entscheidenden Sitzung des Bernrieder Passionsspielkomitees war der Getränkegroßhändler Josef Hinterhuber dazu auserwählt worden, die leibliche Person unseres Herrn Jesus Christus darzustellen, erstens, weil er als Pfarrgemeinderatsvorsitzender bei der Besetzung der Rollen so etwas wie ein Erstgeburtsrecht besaß – das ja, wie jeder weiß, gerade in der Heiligen Schrift eine besondere Rolle spielt –, und zum zweiten, weil er auch nach außen hin eine Figur machte, von der der hochwürdige Herr Pfarrer glaubte, daß sie dem Aussehen unseres Herrn am nächsten käme. (Woher Hochwürden diese Erkenntnis hatte, wurde nicht lange hinterfragt, sondern gläubig hingenommen, denn schließlich hatte der Herr Pfarrer als einziger in der Gemeinde sein Theologiestudium ordentlich und vollständig hinter sich gebracht, was man beispielsweise vom Herrn Hauptlehrer nicht sagen konnte, der – wie viele wußten – vor der Diakonatsweihe die geistlichen Segel gestrichen hatte und fürderhin als „Ausgesprungener" galt.)

Gut. Die zahlreichen Proben liefen zufriedenstellend, und der Tag der Aufführung – man hatte sich, ebenfalls aus biblischen Gründen, auf den Nachmittag des Karfreitags geeinigt – rückte immer näher. Da in diesem Jahr Ostern ziemlich spät im Kalender stand und schon die ganze Karwoche hindurch schönes Frühlingswetter gewesen war, hatten sich tatsächlich einige Urlauber und Besucher aus der Stadt eingefunden, die sich dieses geistliche Spektakulum nicht entgehen lassen wollten.

Als nun in der biblischen Leidensgeschichte die Stelle kam, wo Christus auszurufen hatte: „Mich dürstet, mich dürstet!", lachten einige Einheimische, die um die Profession Christi im bürgerlichen Leben wußten. Eine Urlauberin aus nördlichen Breiten dagegen sprang von ihrem Sitz hoch und rief laut und vernehmlich: „Gebt doch um Gottes willen dem armen Mann einen Schluck Wasser!"

Dieser unprogrammgemäße Zwischenruf wiederum veranlaßte den Bürgermeister zu der Dame hinzugehen, um mit dem ganzen Charme, der in einer bayerischen Erwiderung liegen kann, vor allen Zuschauern zu sagen: „Blöde Kuah, halt dei Mäui, du spujst net mit ...!"

Die Notlösung

In Etting steht neben der Straße nach Perasdorf eine kleine Feldkapelle. Sie ist der allerheiligsten Dreifaltigkeit geweiht. Kaum jemand weiß, wie es zu diesem Patrozinium gekommen ist. Aber die Sache war so:

Der junge Wimmer ist draußen im Holz von einem fallenden Baum gestreift worden. Um ein Haar hätte er hin sein können, der Wimmer. So aber hat ihm der rauhe Fichtenstamm nur die linke Wange aufgerissen und die ganze Seite schammeriert, daß das Fleisch herausgeschaut hat. Und geblutet hat er wie eine Sau, der junge Wimmer.

Sein Weib hat gemeint, sie trifft der Schlag, wie sie ihren Mann auf dem Wagen dahergebracht haben, und in ihrer Not hat sie gleich die Kapelle versprochen, die schon einmal ihr Schwiegervater hätte bauen wollen, damals als ihn der Stier recht übel zugerichtet hat. Aber wenn man dann wieder gesund ist, schiebt man die Ausführung solcher Versprechen hinaus, oft bis zum Sankt Nimmerleinstag.

„Aber diesmal machen wir Ernst", sagt die junge Wimmerin. Nur über das Patronat wird man sich in der Familie nicht einig. Die einen glauben, der heilige Dionysius wäre hier zuständig, andere wieder schwören auf den heiligen Bartholomäus, dem man die Haut bei lebendigem Leib abgezogen hat. „Aber der ist ja schon der Patron der Steuerzahler", weiß der alte Wimmer-Vater, „und zu viel darf man auch einem Heiligen nicht zumuten …!"

Der Herr Pfarrer, ebenfalls um seine Meinung befragt, wäre zwar kompetent, will sich aber nicht einmischen, denn „wer zahlt", sagt er, „schafft an!" Und da hat er natürlich nicht unrecht.

Schließlich bereitet die alte Wimmer-Mutter dem ganzen theologischen Disput ein Ende. „Jetzt nehmen wir zunächst einmal die heilige Dreifaltigkeit", sagt sie, „bis uns was Besseres unterkommt …"

Aber man weiß es ja: nichts dauert länger als ein Provisorium!

Die tiefere Ursach'

Der Lüftenegger Girgl ist ein Holzhauer wie er sein soll: rauhbatzig wie ein Reibeisen, mit einer Roßnatur und einer Bärenkraft. Es ist ihm auch noch nie ein ernsthaftes Unglück zugestoßen. „Eher passiert dem Baum 'was als mir!" sagt er manchmal, der Girgl. Aber das ist überheblich und verdient seine Strafe. Und sie kommt, wenn es an der Zeit ist.

Als sie wieder einmal oben im G'wänd mächtige Tannen fällen, ist es an der Zeit. Es erwischt den Girgl so sakrisch, daß sie ihn unter dem Baum hervorziehen müssen.

Blut rinnt ihm aus dem Mund, Brustkorb und Schädel sind halb eingedrückt...

Aber die Doktoren im Krankenhaus verstehen etwas von solchen Sachen. Und wie gesagt: Der Girgl hat eine eiserne Natur.

Wie es ihm wieder besser geht, besucht ihn auch der Herr Pfarrer.

„Da hast aber einen schönen Schutzeng'l g'habt, Girgl!" sagt der geistliche Herr, „der, und sonst niemand hat nämli dös Wunder vollbracht!"

Da huscht ein Leuchten über das arg zerschundene Gesicht des Holzhauers. „Gell, i hab mir's scho alleweil überlegt, wer ebba dös gwes'n sei könnt", sinniert der Girgl, „weil's mi nämli gar so sakrisch auf'n Hintern hing'setzt hat. A Baam hätt mi net a so umg'legt! Aber an Schutzeng'l, dem trauat i so ebbs durchaus zua!"

Ein wohltätiger Mensch

Der Heimerlbauer von Riedering ist einer von denen, die den ganzen Tag spekulieren, wie das Geld in ihrem Sack Junge kriegen könnte. Was hat er in dieser Richtung nicht schon alles ausprobiert! In der Lotterie hat er gespielt. Aber dazu braucht man zwei glückliche Hände. Aktien hat er gekauft – und verkauft. Viel ist dabei nicht hängengeblieben. Beim Fußballtoto hat er mitgetan, obwohl er vom Sport zeit seines Lebens nichts gehalten hat. Das Ergebnis war dementsprechend.

Nun hat ihm sein Nachbar, der Oberhofer, gezeigt, wie einfach im Lotto das Geld zu gewinnen ist: Man schreibt sich die Zahlen von 1 bis 49 auf ein Stück Papier, bindet sich einen schwarzen Schal um die Augen, macht acht Kniebeugen, nimmt einen Bleistift, spuckt siebenmal darauf und zeichnet dann sechs Kreuze auf das Papier. Die Zahlen, die den Kreuzen am nächsten liegen, schreibt man in den vorgedruckten Zettel, zahlt seine Märker und hat damit dem Glück Tür und Tor geöffnet.

Und wirklich, die Sache hat ihre Richtigkeit! Nach ein paar Hauptproben gewinnt der reiche Heimerlbauer fürs erste gleich etliche tausend Mark. Ein solcher Gewinn bleibt natürlich nicht geheim und hat seine Folgen. So zum Beispiel ist plötzlich jeder im Dorf mit dem Heimerlbauern verwandt, oder, wo das gar nicht möglich ist, zum mindesten gut bekannt. So nebenbei hofft natürlich jeder, daß für ihn ein halber Hunderter abfallen könnte. Aber der Heimerlbauer ist keiner von denen, die das Geld verschenken. Nicht einmal der Oberhofer bekommt etwas.

Auch den hochwürdigen Herrn Pfarrer sieht man in den nächsten Tagen zum Heimerlhof marschieren.

„I hab g'hört, du hast im Lotto g'wonnen, Heimerlbauer?" sagt der Pfarrer, nachdem sie eine Zeitlang vom Wetter und von den schlechten Zeiten gesprochen haben.

„No ja", gibt der Heimerl zu, „a bissl was!"

„Von an etlich tauserd Mark hört ma'!"

„Kann scho' sei!"

„I gratulier' dir dazua, Heimerlbauer!"

„Dös braucht's net, Hochwürd'n! Es kriagt neamd
wos dafür!"

„Schau, Heimerl", versucht der Herr Pfarrer die aus-
sichtslose Lage noch zu retten, „i möcht' ja nix für mi',
aber für d' Kirch' kanntst scho' a bissl ebbas stift'n.
Moanst net?"

„Hab i a so scho', hochwürd'n Herr Pfarrer, hab i a
so scho'! Schau'n S', i hab mir denkt: Alis, hab i mir
denkt, jetzt hast a solchers Glück g'habt, jetzt kannst
amol was Gut's toa, und –"

„Ja hast ebba du gar a neue Org'l g'stift'?"

„Nnana, net sovuj!"

„Was'n nachher? A Glock'n?"

„Na, dös aa net!"

„Was'n nachher, sag!"

„Noja, i hab mir denkt, da muaßt scho amol was
Guat's toa, hab i mir denkt, und da hab' i halt nachher
am Koopratern am Samstag a Halbe Bier zahlt!"

Der Fremdling

Nach Schwarzenfeld kommt die „Mission". Der
Herr Pfarrer hat es schon drei Sonntage vorher von der
Kanzel vermeldet.

„Aber net amol a Kapuziner is'!" erzählt die Drei-
wieserin ihrem Vatern, den das Rheumatische plagt.

„Net amol a Kapuziner? Wos'n nachher für oana?"

„A Redemptor is', hat der Pfarrer g'sagt."

„Geh, a Redemptor? Früher hat's halt Kapuziner
geb'n und Franziskaner. Aber heutzutags gibt's ja lauter so neimodisch Zeigs …!" brummt der Alte.

Nun, die Pfarrgemeinde bereitet sich in den drei Wochen durch Gebet und Fasten auf das große Ereignis vor, und dann ist auch der Samstag da, an dem der Gesererbauer den hochwürdigen Herrn Redemptor mit dem Gäuwagerl von der Bahn abholt. Die kleine Dorfkirche ist zum Bersten voll. Auch aus den umliegenden Pfarreien sind sie gekommen, um sich von dem frommen Gottesmann das eingeschlafene Gewissen aufrütteln zu lassen. Und nun harren alle der Geschehnisse, die sich in der nächsten Stunde vor ihren Augen und Ohren abspielen sollen.

Es ist auf den Glockenschlag vier Uhr, als der hochwürdige Herr Pater die Kanzel besteigt und zu predigen beginnt. Leise und eindringlich zuerst, anschwellend dann und fordernd. Er hat keine hünenhafte Figur, und Ludwig Thoma hätte an ihm nichts „Hinausschmeißerisches" gefunden, schön ist er gerade auch nicht zu nennen – aber dafür ist ihm die Gewalt des Wortes verliehen, wie weiland seinem geistlichen Confrater Abraham a Sancta Clara am kaiserlichen Hof zu Wien.

Die Zuhörer lauschen mit großer innerer Anteilnahme seinen Ausführungen. Die alte Helmbrechtin ist die erste, die das Taschentuch sucht – vorbeugend gewissermaßen.

Sogar die Männer sind sichtlich beeindruckt von den Worten des Predigers. Alle hören sie zu. Nicht einmal auf der Empore wird dischkeriert. Nur in der vorletzten Reihe sitzt einer, der nichts tut, was auf eine innere Zerknirschung schließen lassen könnte, der Sommerauer von Rettenbach. Im Gegenteil: Er zieht mittendrin seine Schnupftabaksdos'n heraus und haut sich eine mächtige Pyramid'n auf den Handrücken. Und während der Pater seine Zuhörer gerade mit einem höllenheißen Beispiel fesselt, schnupft der Sommerauer laut und vernehmlich auf, muß dann doch noch mit der Hand nachhelfen, zieht wenig später unter größter Anstrengung ein rotes Schnupftuch von der Größe einer halben Tischdecke aus seiner Hosentasche und schneuzt sich kräftig hinein. Der Edenhofer von Eding, sein Banknachbar, gibt ihm einen Rempler und meint:

„Hast as net g'hört, was er grad g'sagt hat?"

„Ha?"

„Ob's d'as net g'hört hast, was er grad g'sagt hat?"

„Wos'n nachher?"

„… daß d' af deine Sinnenlust verzicht'n und Buaß tun sollst für deine Sünd'n!"

„Wer? I?"

„Ja freili', und jetz' schnupfst scho' wieder!"

„Ja, dös is' scho' recht, aber i bin ja net vo' da. Mir Rett'nbacher g'hörn ja af Hunderdorf in d' Pfarrei, verstehst?"

„Ja, a so …!"

„Ja, ja, bei uns kimmt d' Mission erst nächst's Jahr …"

Das Bier, das Bier …!

Der Florian Gaisraiter von Stallwang ist noch ein Fuhrmann von altem Schrot und Korn und deshalb nicht gerade das, was man einen frommen Menschen zu nennen pflegt.

Obgleich niemand so gotteslästerlich fluchen kann wie er, erfüllt er aber doch seine Christenpflichten, zu denen auch – wie jeder weiß – die Teilnahme am sonntäglichen Gottesdienst gehört.

Freilich erfüllt der Florian Gaisraiter zum Leidwesen seines Pfarrers diese Sonntagspflicht nicht in der eigenen Pfarrkirche, sondern im Nachbardorf.

Dem Pfarrer ist das gar nicht recht, und so stellt er deswegen den Florian eines Tages zur Rede.

„Gefällt dir leicht die Predigt in Haibach besser?"

„Nna, Herr Pfarrer, dös net!"

„Oder beichtet sich's leichter da drüben?"

„Dös möcht i a net grad sag'n", meint der Florian treuherzig, „dös is g'hupft wie g'sprungen."

„Nachher hast wohl an Schatz drüb'n?"

„Mei, Hochwürd'n, lustige Dirndl gibts überall."

„Aber du mußt doch einen Grund haben, daß du beinah jeden Sonntag auswärts gehst?" versucht es der Herr Pfarrer noch einmal.

„Ja ja, freilich, Hochwürd'n, freilich hab ich einen Grund", gibt jetzt der Florian verschämt zur Antwort, „'s Bier is halt dreant besser, 's Bier ...!"

Das freche Bürscherl

In der altehrwürdigen Bischofsstadt Regensburg hat man am Fest der Apostelfürsten Peter und Paul wieder eine kleine, aber mutige und aufgeschlossene Schar junger Männer zu Priestern geweiht, und der Herr Generalvikar, das alter ego (das andere Ich) des Bischofs, hat sie bald darauf in den Weinberg des Herrn geschickt, d. h. jenen Pfarreien zugeteilt, die sie – zumindest seiner Ansicht nach – am notwendigsten brauchten.

Auch ein Marktflecken im niederbayerischen Bauernland zwischen Vils und Rott hat nach langer Vakanz endlich wieder einen solchen Kooperator des Pfarrers

avisiert bekommen. Noch während der großen Ferien
zieht der junge Kaplan mit seinem ganzen Auf und
Nieder dorthin um und legt bei dieser Aktion, bekleidet mit Jeans und einem halboffenen rotkarierten Hemd,
selber fest Hand mit an. Und weil der Stern kräftig vom
Himmel brennt, nimmt er auch hin und wieder einen
kräftigen Schluck aus der Bierflasche.

Ein altes couragiertes Mutterl schaut dem ganzen Geschehen eine Zeitlang interessiert zu und frägt schließlich den jungen Mann: „San ebba dös die Sachen für den
neuen Kooperator? Mei, so vuj Büacher und so wenig
Gwand ...!"

„Ja, freilich", sagt der Angesprochene, „und der neue
Kooperator, dös bin i ...!" Das kann das Mutterl natürlich nicht glauben; es mustert den geistlichen Möbel-
packer etwas geringschätzig von oben bis unten und sagt
schließlich: „Ja, schaugts dös Bürscherl an, frech werdn
taat er aa no ...!"

„Wissen Sie, mit wem Sie reden ... ?"

In Reibersdorf haben sie einen jungen Kaplan bekommen, der es mit der Jugend versteht wie kein anderer, und das ist heute für die Kirche Gottes von emi-
nenter Bedeutung. Aber einige fromme Frauen der
Gemeinde witterten gleich von Anfang an mehr dahinter und „überschrieben" den Kaplan bei Seiner Exzellenz, dem Herrn Bischof. Der nun bittet – wie es in derlei Situationen zu geschehen pflegt – den „geliebten
Bruder in Christo" um eine Stellungnahme zu den
vorgebrachten Sorgen und Bedenken noch vor den anstehenden Weihnachtsfeiertagen.

Der Kaplan, aufgebracht über so viel Scheinheiligkeit, liest sich den oberhirtlichen Brief ein paarmal durch, dann geht er zum Telefon und ruft im Bischöflichen Ordinariat an.

Dort hebt aber niemand ab, obwohl es der Anrufer eine Zeitlang klingeln läßt. Das ärgert ihn erst recht. Just in dem Augenblick, in dem ihm einfällt, daß ja heute Samstag ist, wird aber der Hörer abgenommen, und es meldet sich jemand mit so undeutlicher Stimme, daß der Kaplan beim besten Willen nicht verstehen kann, wer da am anderen Ende der Leitung sitzt. Er denkt an einen diensttuenden Hausmeister, der gerade genüßlich über seinem Weißwurstfrühstück sitzt, und sagt des-halb mehr zu sich selbst: "Endlich ist in dem Saftladen jemand da!"

"Wie bitte?" fragt der Unbekannte.

"Ihr braucht kein Licht am Adventskranz, ihr braucht in Eurer Burg Feuer unter dem Hintern!" wird der Kaplan noch etwas lauter.

"Was meinen Sie …?"

"Ihr schaut ja schon seit Jahrzehnten Euren Schreibtisch als Landeplatz des Heiligen Geistes an …!"

Das unsichtbare Gegenüber schnappt hörbar nach Luft: "Sie, wissen Sie eigentlich, mit wem Sie reden?"

"Nein, das ist mir auch vollkommen wurscht!"

"Nun, Sie sprechen – mit dem Generalvikar des Herrn Bischofs!"

Da wird es auf der Gegenseite still. Und nach einer Pause fragt der verunsicherte Anrufer: "– und wissen Sie, mit wem Sie reden?"

"Nein!" "– das wird auch gut sein!" sagt der endlich zur Besinnung gekommene Kaplan, hängt ein und beschließt, zu den vorgebrachten Vorwürfen doch lieber schriftlich Stellung zu nehmen.

Der liberalste Pfarrer

Am Rande eines deutschen Katholikentages nach der Wende streiten sich drei Teilnehmer, wer von ihnen den liberalsten Pfarrer habe.

Der Berliner reklamiert als erster den freizügigsten Geistlichen für seine Gemeinde. „Unser Pastor", sagt er, „hat nich det Jeringste dajejen einzuwenden, wenn wir in der Fastenzeit im Pfarrheim hin und wieder ein bißken schwoofen (tanzen), wenn ihr wißt, wat ick meene..."

Die beiden anderen nehmen das zur Kenntnis. Dann meldet sich der Thüringer zu Wort. „Ach", meint er, „das ist noch gar nichts! Unser Pfarrer ißt sogar am Karfreitag mit größtem Appetit eine Wurstsemmel!"

Man wiegt den Kopf und schaut gespannt auf den Münchner. „Ojs nix gegn den unsern", sagt der mit dem Brustton der Überzeugung, „der hängt auf Weihnachtn a Schujdl (Schild) an d' Kirchatür: *Wegen der Feiertage geschlossen*", und nachher fahrt er mit seiner Köchin in 'n Schi-Urlaub...!"

Die Abkürzung

Ein Sommerfrischler fragt einen Bauern, ob es denn im Dorf auch SPD-Anhänger gäbe. „Die kenn ich nicht", sagt der, „aber ich hab schon gehört davon, daß es sie in der Stadt geben soll. Was sind denn das für Leut?"

„Och", sagt der Urlauber, „die reden und reden, wollen weniger arbeiten und trotzdem mehr Geld verdienen."

Der Bauer denkt eine Weile nach, dann sagt er: „O ja, solche haben wir auch drei im Dorf, den Schullehrer, den Herrn Pfarrer und den Doktor …", und nach einer Pause: „Ah, jetzt versteh ich 's, drum hoaßt mas die *SPD!*"

Ei, ei, ei

Drei reisende Ordensleute, ein Franziskaner, ein Dominikaner und ein Jesuit, entdecken nach einem kargen Abendessen in einem ihrer Schnerfsäcke noch ein einzelnes gekochtes Ei. In ihrer asketischen Gesinnung, verbunden mit der Wertschätzung der Heiligen Schrift, kommen sie überein, daß es derjenige von ihnen verzehren dürfe, dem das passendste Bibelwort dazu einfiele.

Der Bruder des hl. Franz nimmt die erlesene Gabe Gottes in die Hände, zitiert Markus 7,34 („Effetha, tu dich auf!") und schält das Ei liebevoll-bedächtig ab.

Der Jünger des hl. Dominikus nimmt eine Prise Salz, führt Markus 9,50 an („Salz ist gut!") und würzt es genüßlich in verhaltener Vorfreude.

Der Jesuit schließlich beruft sich auf Matthäus 25,23 („Du guter und getreuer Diener, geh ein in die Freude deines Herrn!") und verspeist mit sichtlichem Wohlbehagen das geschälte und gesalzene Ei vor den entsagungsvoll dreinblickenden Augen seiner Mitbrüder.

Die vier an der Krippe

Eine anachronistische Geschichte

Als unser Herr Jesus Christus in Bethlehem im Lande Juda geboren war, sollen ihm nicht nur die Hirten und die Heiligen Drei Könige einen Besuch abgestattet haben, sondern auch vier Ordensangehörige der katholischen Kirche: ein Franziskaner, ein Benediktiner, ein Dominikaner und ein Jesuit.

Als der Minderbruder des heiligen Franz den Heiland so nackt und bloß in der Krippe liegen sah, habe er sich – so wird berichtet – gleich aufgemacht, um in den umliegenden Ortschaften ausreichend Nahrung und Kleidung für das göttliche Kind zu erbetteln.

Der Benediktiner habe während dieser Zeit eine Choralvesper gesungen, daß die Umstehenden wegen der reinen Intervalle und der diatonischen Harmonie Augen und Ohren aufsperrten.

Der Angehörige des Predigerordens dagegen habe mit Maria und Joseph einen längeren Disput über das Wunder der Menschwerdung begonnen.

Und der Jesuit schließlich sei zur Muttergottes hingegangen und habe gesagt: „Gute Frau, überlassen Sie den Kleinen ruhig uns. Wir werden schon etwas Ordentliches aus ihm machen!"

Ochs und Esel

Der Frater Eusebius, der Einsiedel vom Heilbrünnl, ist ein alter Bitzler und Bastler, der sicher einen ausgezeichneten Schreiner abgegeben hätte, wenn der Herrgott nicht just zu dieser Zeit einen tüchtigen Eremiten gebraucht hätte. Immer, wenn es gegen Weihnachten zuging, kam die große Zeit des Pater Eusebius. Die Krippe, die er jedes Jahr in seiner Wallfahrtskirche aufstellte, suchte ihresgleichen im ganzen Landkreis und bildete einen Anziehungspunkt für groß und klein.

Weil heuer an den Feiertagen – sehr zum Leidwesen der Kinder – noch kein Schnee liegt, hat sich auch die alte Ittlingerin von Neßlbach zu einer Wallfahrt zum Heilbrünnl aufgemacht, um sich wieder einmal dieses „fünfte Evangelium"[1] anzusehen. „Man weiß ja nicht", sagt sie, „wie lange das noch geht." Und außerdem läßt sich der Frater Eusebius jedes Jahr etwas Neues einfallen. So zum Beispiel hat er heuer zu den übrigen Figuren noch ein paar Häuslleut dazugestellt: einen alten Mann, der Holz hackt, und ein junges Weib, das Stutzbürden haut.[2]

Als die Ittlingerin nach einer guten Stunde die Wallfahrtskirche verläßt, auf wundersame Weise getröstet vom gütigen Blick des Jesuskindes in der Krippe, sitzen zwei Halbstarke auf der Bank vor der Kapelle.

„Du, i hab gar net gwußt", sagt der ältere der beiden lautstark zu seinem Begleiter, „daß die alt Weiber aa no so gern dös Kinderspielzeug anschaun…" „Is nachher no alles drin in deiner Scheiß-Krippn?" fragt dann der jüngere die alte Bäuerin.

„Eigentlich schon", sagt die Ittlingerin kuraschiert, „bis auf Ochs und Esl, die laufn heraußt umanand, hat der hl. Josef gsagt, die san eahm heut nacht auskemma…!"

---

[1]   Bezeichnung für die Krippe
[2]   Reisigbündel zurechtrichten

Zur Zeit in Ägypten

Glücklich die Pfarrei, in der ein Krippenverein existiert wie in Lauterbach! Mit viel Geschick und Einfühlungsvermögen wird von seinen Mitgliedern jedes Jahr das „fünfte Evangelium" in einer biblischen Landschaft inszeniert, die sich sehen lassen kann und – nach Auskunft einiger erfahrener Israel-Reisender – sogar im Heiligen Land ihresgleichen zu suchen hat.

Seit jeher ist es die Aufgabe des Vorsitzenden Xaver Zirngibl, für dieses gelobte Land einen Stall zu zimmern, in dem das wundersame Szenarium eingerichtet werden kann, das uns in den heiligen Evangelien geschildert wird. Schließlich ist ja der Xaver als Schreiner von Berufs wegen für diese Aufgabe prädestiniert wie kein anderer. Niemand sonst darf denn auch beim Auf- (und später beim Ab-)bau der Behausung des heiligen Paares Hand anlegen.

Als dieses Jahr Xaver Zirngibl bald nach Neujahr von einer bösen Grippe an das Bett gefesselt wird, läßt er seine Mitglieder wissen, daß sie zwar nach Heiligdreikönig durchaus die Figuren wegnehmen können, aber den Stall bis zu seiner Genesung stehen lassen müssen.

Weil die Grippe wirklich bösartig ist, steht an Maria Lichtmeß der verlassene Krippenstall noch immer in einer Nische des Seitenschiffs der Lauterbacher Pfarrkirche. Ein Witzbold allerdings – manche munkeln sogar, es wäre der Herr Kaplan gewesen – hat über dem Stall ein erklärendes Plakat angebracht, auf dem zu lesen steht: „Zur Zeit unbewohnt!" Und darunter: „Die Hl. Familie hält sich vorübergehend in Ägypten auf."

Der hl. Gabriel und d' Amoasn

Eine waldlerische Legende

Wej unser Herrgod d' Wejd erschaffa ghot hod, is s' eahm a weng laar vürkemma, und drum hod er no ojerhand Bleami und Sträucher und Baam neigsetzt.

„– owa no schöner waar 's, wenn si aa a bisserl ebbs rührert!" hod der Erzengl Gabriel gmoant. Und do hod nachher unser Herrgod no an ganzn Haufa Viecher erschaffn: Goiß, Schaf, Hehner, Hund, Esl, Küah, Rooß …

„Schö, wirkli schö", hod der Gabriel gsagt, „grad ebbs ganz ebbs Kloans geht no ab …!"

„Hast recht", hod unser Herrgod zougebn, „Amoasn kanntn ma no mocha. Dös übernimmst owa nachher du! I moch derweil Mittog!"

„Wej nachher?" hod der Gabriel gfrogt. Unser Herrgod hod owa verstandn „Wenn nachher?" und hod gsogt: „No jetz, interm Mittog." Der Gabriel hod owa verstandn: „In der Mitt o (ab)!" und hod d' Amoasn a so gmocht, daß ma moana kannt, sie waarn in der Mitt o (ab).

Die Mauer zwischen Himmel und Hölle

Do is amoj der Teifi zum Herrgottn gangen und hod gsogt: „De Mauer zwischn der Höll und 'm Himml bröcklt allerweil mehrer ab, mit der Zeit fallts uns no ganz zsamm. De mou wieder hergricht werdn!" Unser

Herrgott is aber net recht begeistert gwen vo derer Sach und hod gsogt: „Dös geht mi nix o!"

Aber an Teifi hod dös koa Ruah loussn. Er hod si aus der Höll an Schwung Maurer gholt – solche, dö frühers recht gsuffa und nachher eahrane Weiber recht gschlogn hobn – und hod de Mauer herrichtn loussn.

Nachher is er wieder zon Herrgottn ganga und hod gsogt: „Aber zahln tuast es du!" Und weil der nix dergleicha do hod: „– oder mach ma wenigstns fifty-fifty ...!" Der Herrgott aber hod gsogt: „I zahl koan Pfenning!" und weil der Teifi recht umanandergschrien hat, hat er 'n außiwerfa loussn.

Ejtz is zon Prozeß kemma. Und moanst, wer 'n gwunna hod? Der Teifi! Und warum? – Weil alle Advokatn bei eahm unt gwen san ...!

Ein Lehrer sucht Adam und Eva

Kimmt amoj a Lehrer en Himml, und der Petrus loußt 'n net glei ei. „Du host so vuj komische Fragn und Aufgabn gstellt in deim Lebn", sogt er zu eahm, „mou i dir aa oane afgebn: Du derfst erst herinbleibn, wennst ma vo alle Manner an Adam außergfundn host und vo alle Weiberleut d' Eva!"

Guat, der Lehrer laaft an ganzn Himml o, greift alle Mannerleut ab und mirkt se oan. Nachher kemmad d' Weiberleut dro – san aa net mehrer gwen, eher a weng wenger! De schaut er grod o – weil 's Anlangen brauchts do nimmer (außerdem san ma ja im Himml, do is dös net Mode!) – und doud nachher am Petrus d' Botschaft, daß er jetz firti waar.

„Ganz genau troffa!" sogt der, wej der Lehrer afn Adam und af d' Eva zojgt. „Aber sog amoj, wej host denn de so schnell außerkennt?"

„No ja", sogt der Lehrer, „bei de Manner hob i gschaut, wem a Rippn ogeht, und bei de Weiber hob i grod de gsoucht, de koan Nabl hod ..."

Der hl. Petrus und die Foudige

Eine oberpfälzische Legende

Da is amol a recht a Foudige* gstorbn. Derer war dös Schlimmste, daß s' nix mitnehma hat könna vo der oan Welt in dö andere. No ja.

Wej s' nachher vorm Petrus vor der Himmelstür steht, hat s' der glei nach ihrene guatn Tatn gfragt. Da hat dös Wei zerscht a Zeitlang an Kopf gschüttlt, und nachher hat s' Nachdenka angfangt.

„I hab amol am Bedlmo a Fuchzgerl gebn", hat s' gsagt.

„Dös is aber a weng weng", hat der Petrus gmoant. „Woaßt sonst nix?"

's Wei hat wieder spekuliert und spekuliert, nachher is eahm ebbs eigfalln.

„I hab amol am Blindn a Markl gebn!" hat s' gsagt.

„No ja, besser wia nix!" hat der Petrus gsagt. „Vielleicht fallt dir no ebbs ei! I hab Zeit."

Wej dös Wei a so hin und her überlegt, kimmt eahm, daß s' ja aa amol zwoa Markl für d' Afrikamission gebn ghabt hat.

---

*   „foudig" ist eine alte bairische Bezeichnung für geizig. Die Herkunft des Wortes ist unklar.

Der Petrus hat af dös affi lang hin und her überlegt, nachher hat er gsagt: „Wart a weng, da muaß i zerscht no amol nachfragn", und is furt. Wej er zruckkemma is, hat er gsagt: „Woaßt wos, da hast die drei Mark fuchzg wieder retour und nachher scherst di zum Teifi, foudigs Luader, foudigs …!"

Wej der hl. Petrus plattert wordn is

A waldlerische Legende

Damojs, wej unser Herr Jesus no af derer Wejd do glebt hod, is er amoj an am Kirta-Samsta(g) mit 'm Petrus, seim Vize, über Land ganga. Weil s' scho an ganzn Tog unterwegs gwen san, hod an Petrus gscheid ghungert, und er hätt gern in ara Wirtschaft eikehrt. Owa unser Herr hod gar net dergleicha do.

Ejtza kemman s' durch a Dorf, do hod der Bäck grod a Keawerl voller Semmln aus der Backstubn in 'n Lodn brocht. Am Petrus is 's Wosser im Mäui zsammgloofa, er hod allerwei higlurt, hod si owa nix sogn traut.

Guat, sie gengan weider. Im nächstn Dorf trogt der Metzger grod a ganze Stang Würscht aus 'm Schlachthaus. Am Petrus laaft scho wieder 's Wosser im Mäui zsamm, und irger wej zerscht; owa wej er higeh wuj, springt 'n der schwoarze Metzgerhund o, daß er 's glei bleibm hod loussn und arschlings zruck is.

Ejtza, wej 's scho af d' Nocht zouegeht, kemman s' no an am groußn Bauernhof vorbei. Do hod 's aus der Kuchl so guad außergschmeckt, daß si der Petrus nimmer holtn hod kinna und glei eigrumplt is. Do is a ganze Schüssl voller Kejchl af da Ofabenk gstana, und koa

Mensch is um d' Weg gwen. Da Petrus is af dö Schüssl
lous und hod glei den öberstn Kejchl packt und hod 'n
hintern Hout einigschobn, daß 'n unser Herrgott net
sieght. Der Kejchl is owa no ganz hoaß gwen und hod
'm Petrus zur Straf dö ganzn Hoor weggabrennt – und
nochgwochsn san s' eahm nimmer!

Wie der hl. Petrus bei einem Bauern über Nacht geblieben ist

Eine waldlerische Legende

Damojs, wej ma no mit der Drischl droschn hod, is
amoj der hl. Petrus über Land gangen und is af d' Nacht
af an Hof kemma. Dort hamad s' grod d' Nachtsuppn
gessn, und de Bau(er)nleut hamad gsogt, er ko mitessn,
und wenn er möcht, kannt er aa a Liegerstatt hobn –
aber er mou eah nachher an Tag dreschn helfa.

No ja, ghungert hod 'n, und mejd is er aa gwen, also hod er zougsogt. „Oaner liegt scho obn en der Kammer", hod der Bauer gsogt, „und um drei mejßts afsteh!"
Guat, der hl. Petrus legt se ins hintere Bett und schloft
aa glei ei.

Weil de zwee um halbe viere no net herunt san, geht
der Bauer affi in d' Kammer, nimmt an Stecka und haut
glei af den erstn ei. Weil oj zwee recht mejd gwen san,
wolltn sie se aber no amoj umdrahn, und der Petrus
sogt zon andern: „Tauschn ma d' Better, daß d' ebba
net no amoj Prügl krejgst!"

Guat, sie legn se anders und schlafan wieder ei.
Kimmt der Bauer a zwoatsmoj mit 'm Stecka. „Vorhin

hob i dem oan do a paar überzogn", sogt er, „dösmoj krejgts der ander!"

Da san s' aber nachher außi, de zwee, und jetz hod der Petrus erst gseghn, daß der andere an Bocksfouß ghod hod. Und gstunga hod 's in der Kammer...!

Das Kapuzineröchsl

*Eine Bauernfabel**

Es ist an einem frühen Herbsttag. Auf den Feldern hinter Öding rauchen die Kartoffelfeuer. Die Nußbäume verlieren ihre vorletzten Blätter, und der Altweibersommer tanzt über die aufgerissenen Furchen. Der Peintinger von Gumpersberg läßt seinen Ochsen rasten, der ihm schon seit Stunden den schweren Pflug durch den Acker zieht, und setzt sich selber neben das Brombeergesträuch am Waldrand. Zwei Landstreicher, die bald darauf in der Kutte frommer Kapuziner den Hohlweg heraufkommen, finden ihn schlafend.

Als der Peintinger nach einiger Zeit jäh aus seinen Träumen fährt und sich ob der schon fühlbaren Herbstkälte ein wenig schüttelt, trifft ihn beinahe der Schlag. Denn vor ihm steht zwar sein Pflug – das ist in Ordnung –, aber mit einem gar wunderlichen Gespann. Das Bäuerlein blinzelt scheu nach allen Seiten. Seltsam! Weit und breit ist kein Ochse mehr zu sehen. Dafür aber steht – o heilige Muttergottes vom Bogenberg gib, daß es nicht

---

* Das Grundmotiv dieser Geschichte findet sich schon in alten orientalischen Schwanksammlungen, so z. B. auch in den Erzählungen „Aus 1001 Nacht".

wahr ist! – dafür steht ein leibhaftiger Kapuziner im Ge-
schirr. Ein Kapuziner mit Bart, Strick und Sandalen an
den Füßen. Oder träumt er doch? Ganz benommen rap-
pelt er sich auf und geht ebenso vorsichtig wie zaghaft
auf das seltsame Gespann zu.

„Gell, Bauer, da schaughst!" sagt der Kuttenmann,
„wia 'st eing'schlafn bist, is an Ochs im G'schirr
g'stand'n und jetz' is a Kapuziner draus wor'n."

„Ja", stottert das Bäuerlein, „aber wia geht 'n dös
zua?"

„Schau, dös is a so", erklärt der Klosterbruder, „i hab
mir amol im Kloster was Schweres z'schuid'n komma
lass'n, a Verbrech'n", flüstert er ganz verstohlen,
„und dafür hat mi dann der Guardian in an Ochs'n
verwand'lt, und jetz' is mei Zeit wieder um."

„O mei, o mei", lamentiert der Peintinger, „dann
müass'n S' scho entschuldigen, daß i so oft grob gwen
bin zu Eahna, und g'fluacht hab und Eahna mit'm
Steck'n aufn Buck'l 'naufg'haut hab. I hab dös net
g'wußt, daß i an Kapuzina im Stall hab, also entschuldig'n S' vielmals – ja und aa a guate Roas hoam ins Kloster, Herr Mönch…" Denn der heilige Gottesmann ist
inzwischen aus den Strängen gestiegen und hat sich
zum Gehen angeschickt. „… und Vergeltsgott tau-
sendmal für Eahra Arbeit…!" schreit ihm das Bäuerlein noch nach, aber da ist der fromme Büßer schon in
den Waldbüschen untergetaucht.

„Sachen gibt's heutzutage", murmelt der Peintinger
vor sich hin, wie er seinen Pflug heimzieht.

Weil sich aber die Felder schlecht ohne Ochsen be-
stellen lassen, fährt der Bauer am nächsten Morgen in
die Stadt. Wie er dann auf dem Rindermarkt so zwischen den stattlichen Ochsen und jährigen Bummerln

auf und ab geht, hält er plötzlich ein. „O heiliger Sankt Leonhard!" da steht doch wahrhaftig der Scheck, mit dem er gestern vormittag noch die Waldbreiten geackert hat. Freundlich zieht der Peintinger den Hut und grüßt. Dann kann er es sich aber doch nicht verwehren und sagt: „Sie, Herr Kapuziner, Sie san aber koa b'sonders heiliger Mann, Sie ham ja scheint's scho wieder was verbroch'n …?"

Das Roß des Pfarrers

Der Pfarrer Ringelstetter von Bernried ist einer von den alten Ökonomiepfarrern, die vom Gviechert gleich noch mehr verstehen als von den Menschen, zumindest mehr von den Rössern als von den Weiberleuten.

Deshalb kauft ihm auch der Heimerlbauer eins ab, ein Roß natürlich, kein Weiberleut! „Wennst zu dem ‚Gott sei Dank' sagst", instruiert ihn der Seelenhirte, „tuats auf und davon. Und wennst haltn willst, nachher brauchst bloß ‚Amen' sagn!" Der Heimerlbauer ist ein mißtrauischer Mensch und glaubt das nicht recht. Er will es zuerst einmal ausprobieren. Er steigt auf, sagt „Gott sei Dank", und das Roß saust auf und davon, als wenn der Leibhaftige hinter ihm her wär.

Wie der Bauer nach einiger Zeit anhalten will, weiß er vor lauter Aufregung nimmer, was er sagen muß. Grad langts noch für ein kurzes Stoßgebet. Kaum hat er aber „Amen" gesagt, kommt auch das Roß schon zum Stehen. Akkurat einen Meter vor dem großen Steinriegel, wo 's steil zum Mühlbach hinuntergeht. Da wischt sich der Bauer den Schwietz aus dem Gesicht und sagt erleichtert „Gott sei Dank …!"

Der Obermeier Egid beim Wettermachen

Jedesmal, wenn ein Gewitter aufzieht und es in der Ferne zu donnern anfängt, muß der Pfarrer Siegerstetter an den alten Obermeier Egid denken, einen von jenen tüchtigen Bauernknechten, wie es sie schon lange nicht mehr gibt.

Der Herr Pfarrer ist damals noch ein junger Kooperator gewesen und sollte den 80jährigen Egid mit den heiligen Sterbesakramenten versehen, um ihm auf diese Weise den Weg in die Ewigkeit ein bißchen leichter zu machen.

„Schau, Egid", hatte er damals gesagt, „wenn du jetzt stirbst, dann wirst du dich im Paradies endlich einmal ausruhen können von der vielen Arbeit, die du schon von Kindesbeinen an hast verrichten müssen; sommers wie winters hast du dich abrackern müssen, oft gleich noch mehr wie das liebe Vieh …"

„No, i woaß net recht", hatte damals der Knecht geantwortet, „es is ja ganz schön, Herr Kooprater, daß Sie mi a so tröstn wolln, aber wahrscheinlich wird der Petrus sagn: ‚Guat, daß d' da bist, Egid, mir könna aa da herobn oan braucha, der arbertn mag; kanntst uns leicht beim Wettermacha helfn. Am bestn, du gehst glei zum Donnern, da brauch ma Leut, die a Irxnschmojz (Kraft in den Armen) habn und dene 's nix ausmacht, wenn sie 's gscheit abrengt …'"

Da war seinerzeit der junge Kooperator Siegerstetter überfordert, denn auf solche Vorstellungen zu antworten, hatten sie in den theologischen Vorlesungen nicht gelernt.

Als der Bräumeister in den Himmel kam

Es lebte fromm und recht
der hier derdruckte Bauernknecht;
ein unglücklicher Ochsenstoß
öffnete ihm das Himmelschloß.

(Marterlspruch)

Nikodemus Niedermeier hatte auf recht ungewöhnliche Weise sein irdisches Leben mit dem himmlischen vertauscht: Gerade als er am Sonntag früh sein Feiertagsgewand angezogen hatte und im Begriff war, in das Pfarrdorf zur Messe zu gehen, hörte er im Stall ein Scharren und Stoßen, ein Rütteln und Brüllen, als wäre die Wilde Jagd im Anmarsch.

Ohne lange zu überlegen, eilte der Knecht in den Stall und wurde der Ursache dieses Geschehens gewahr: der Stier hatte sich vom Barren losgerissen und benahm sich wie der Leibhaftige persönlich. Das übrige ist schnell berichtet.

Nikodemus Niedermeier versuchte vergeblich, den wildgewordenen Stier durch gutes Zureden wieder an seinen Platz zu locken. Als er dann das gleiche mit einem Büschel Gras probieren wollte, stürmte der Bösewicht auf ihn zu und drückte ihn mit solcher Wucht an die Stallwand, daß der Knecht an Ort und Stelle verstarb.

Der also in die Ewigkeit Entrückte stand nun an der Pforte des Himmels und wartete geduldig, bis Petrus aus dem Sonntagsgottesdienst zurückkam. Als der himmlische Pförtner des Bauernknechtes ansichtig wurde, freute er sich und sagte: „Nikodemus Nieder-

meier, du hast dein ganzes Leben lang geschuftet und
gerackert, geh ein in die Freuden des Himmels! Am besten, du besuchst gleich noch den versäumten Pfarrgottesdienst, hernach setzt du dich auf die Ofenbank –
es ist warm eingeheizt! – und liest im Regensburger
Bistumsblatt!" Nikodemus Niedermeier fand das alles
in bester Ordnung, hörte sich die Messe in der neuen
Liturgie an und kam eben zurück, um es sich auf der
Ofenbank gemütlich zu machen. Gerade als er sich dort
niederlassen wollte, sah er, daß sich eine Prozession zu
formieren begann. Als ehemaliges Mitglied des Trachtenvereins „Alpenglühen Oberwinkling und Umgebung" widmete er diesen Vorbereitungen besondere
Aufmerksamkeit. Eine Gruppe von Ministranten, alle
in goldschimmernde Chorröcke gekleidet, setzte sich
mit einem reich geschmückten Prozessionskreuz an die
Spitze, eine himmlische Trachtenkapelle spielte einen
zünftigen bayerischen Marsch, eine Gruppe zarterer Engel sang himmlische Weisen, robustere beteiligten sich
als versierte Fahnenschwinger ...

„Ein ziemlicher Aufwand!" konstatierte Nikodemus Niedermeier. „Was wird denn hier los sein?"

Unterdessen war die Gruppe am Himmelstor angelangt, das sich plötzlich weit auftat – die Kapelle hatte
diese Maßnahme mit einem Tusch eingeleitet –, und herein spazierte der dem Bauernknecht nicht unbekannte
Braumeister Gottlieb Lentner von Niederwinkling.

Sichtlich angegriffen von der Reise ins Jenseits prustete und keuchte dieser wie ein Zugochse und wischte sich in einem fort mit einem großen Schneuztuch den
Schweiß von der Stirn. Sofort sprangen zwei kräftige
Engel herzu und brachten dem sichtlich Ermüdeten einen mit Samt überzogenen weichgepolsterten Sessel.

Das konnte Nikodemus Niedermeier nicht mehr länger mit ansehen. Er sprang auf, bahnte sich einen Weg durch die musizierende und jubelnde Menge, fischte sich aus der himmlischen Heerschar den hl. Petrus heraus und polterte: „Wo ist hier die auf Erden so viel gepriesene himmlische Gerechtigkeit? Ich komme her, da heißt's: ‚Zieh die Schuhe aus, geh in die Messe, setz dich auf die Ofenbank!' Der Bräu dagegen wird empfangen wie in unserem Dorf ein Bischof vor dem zweiten Vatikanischen Konzil. Ist vielleicht der Bräu ein besserer Mensch als ich? Oder zählt bei euch heroben auch nur das Geld, das einer in seinem Leben zusammengerafft hat?"

Da nahm der Apostelfürst den erregten Bauernknecht Nikodemus Niedermeier zur Seite und sagte also: „Schau, lieber Nikodemus, die Sache ist folgende: Bauern und Bauernknechte kommen so viel in den Himmel, daß wir schon gar nicht mehr wissen, wohin damit, aber das hier ist seit hundert Jahren der erste Wirt, der in den Himmel kommt. Dieses Ereignis müssen wir doch ein bißchen feiern!"

„Ja, wenn das so ist", resignierte Nikodemus Niedermeier, „dann laß ich's gelten …!"

Hier ruht der Brauer Gottlieb Lentner.
Er wog gut an die dritthalb Zentner.
Gott geb ihm in der Ewigkeit
nach seinem G'wicht die Seligkeit!

(Marterlspruch)

Echt cool

„Sorry", sagte Petrus zu dem bemoosten Endvierziger, der da in ausgefransten Jeans vor der Himmelstür stand und ungestüm Einlaß begehrte, „du mußt schon eine klassische Helpi-Action vorweisen, wenn du eine Eintrittskarte haben willst. Dein relatives Alter bringt da wenig. Echt caritatives feeling ist angesagt!"

Der Beinahe-Grufti legte seine Stirn in Falten und hielt Gewissenserforschung. „Oh", sagte er, „ich erinnere mich, wie eine Horde Rocker einer alten Tante ihren Türkenkoffer (Plastiktüte) weggrapschen wollte. Da bin ich ganz cool hingegangen und habe ihrem Häuptling meinen Bubble-gum ins Gesicht gespuckt, habe ihm dann seinen heißen Ofen umgerannt, habe anschließend eine Büchse Cola über seinem Irokesenschädel ausgestreut und seine Reserve-Tussi eine frustrierte Arschgeige genannt..."

Petrus wiegte bedächtig sein in Ehren ergrautes Haupt. „– und wann hat sich das alles abgespielt?" fragte er.

„Na, so vor einer Viertelstunde etwa..."

Nachwort

Das Pfarrer-Original

Es mag zutreffen, daß Originale in früheren Zeiten häufiger zu finden waren als heute. Unsere vielfach genormten Lebensumstände und Umgangsformen sind Feinde des Originals und haben statt dessen den „Typ" kreiert. Es sei in diesem Zusammenhang nur an den russischen Witz erinnert, in dem jemand behauptet, eine Maschine erfunden zu haben, mit der man zehn oder zwölf Menschen auf einmal rasieren könne. Auf den Einwand, daß doch jeder Mensch seinen besonderen Kopf habe, kommt die Antwort: Ja schon, aber nur beim ersten Mal!

Die heute wieder auf den Prüfstand gestellte Institution Ehe bietet sicher eine Menge Vorteile für den Menschen, aber sie bringt wohl auch Nachteile. Eines ist sicher unbestritten: eine Ehe, mag sie gut oder schlecht sein, schleift die Ecken und Kanten zu, die jeder Mensch hat; bei einem Unbeweibten dagegen bleiben sie für gewöhnlich bestehen und verhärten sich sogar noch. Deshalb sind die meisten wirklichen Junggesellen von einer etwas schrulligen Art. Die Geistlichen gehören zweifellos dazu.

Je weiter sich – zumindest früher – ein Mensch, vor allem ein Mann, aus der Durchschnittswelt nach oben oder nach unten heraushob, umso eher konnte er sich solche Besonderheiten und Eigentümlichkeiten leisten: Er war nicht in dem Maße zur Anpassung gezwungen wie der 08/15-Bürger. Der Bauer konnte sich mehr leisten als der Knecht. Ein gutes Beispiel dafür gibt uns

Josef Schlicht mit seinem „Bauern von St. Gilla", der sich – nur mit dem Hemd bekleidet – in die Stube stellte und seine besondere Allerheiligen-Litanei vorbetete: „Heiliger Sebastian, der du für uns beim 4. Chevauxleger- Regiment gewesen bist ...", und wenn die Knechte nicht ordentlich nachbeteten, schlug er mit der Hundepeitsche auf sie ein.

Auf der anderen Seite ist es der soziale Außenseiter, der sich besondere Auffälligkeiten leisten kann: der Bettelmann, der Dorfdepp, gegebenenfalls auch der Totengräber und in früheren Zeiten der Narr. Aber der Narr als Institution und Regulativ hat ja schon vor Jahrhunderten das Zeitliche gesegnet.

Ein weiterer Grund dafür, daß Originalität in Pfarrhöfen leichter blühen und gedeihen (manchmal auch wuchern) konnte als anderswo, ist die Tatsache, daß der Chef, sprich Seine Exzellenz der Herr Bischof bzw. sein „alter ego", der Herr Generalvikar, in aller Regel weit weg war und meist andere Sorgen hatte. Und wem sonst sollte der Herr Pfarrer Rechenschaft über sein Tun und Lassen ablegen? In einzelnen Fällen vielleicht noch seiner Haushälterin, aber sonst schon niemandem!

Schließlich und endlich könnte es sein, daß sich mancher Pfarrer oder Kaplan (in Bayern immer noch Kooperator genannt) in die Originalität flüchtete, weil die Belastungen des priesterlichen Amtes übermächtig wurden; man denke nur an (präsumierte) Schwierigkeiten mit dem Zölibat, an die Crux mit der Beichte oder das dauernde Erleben des Todes aus allernächster Nähe und in allen Erscheinungsformen. So etwas kann schon an die Nieren gehen. Oder an die Leber.

Dabei wäre anzumerken, daß manches, was man gemeinhin als Originalität zu bezeichnen pflegt, wohl nichts anderes war als eine Macke bzw. eine psychische Auffälligkeit, um nicht zu sagen Störung.

Wie sich diese verschiedenen Fakten dann in einem geistlichen Individuum treffen und auswirken können, sei zunächst einmal am Beispiel des Neßlbacher[1] Pfarrers Anton Pieringer (1799–1879) aufgezeigt, über den der spätere Pfarrprovisor Ludwig Heinrich Krick eine Charakteristik[2] geschrieben hat, aus der hier einige Besonderheiten zitiert werden sollen:

Pfarrer Pieranger hatte z. B. die Angewohnheit, die (Passauer) Donau-Zeitung jeden Tag vom ersten bis zum letzten Buchstaben halblaut zu lesen; beim Spaziergang ging er den einen Schritt, den anderen sprang er; in den Pausen vollführte er mit einem alten Besenstiel militärische Exerzitien; seinen Hunden gab er ausschließlich die Namen antiker Gesetzgeber (wie Zoroaster oder Drakon). In Neßlbach gründete er einen Verein, dessen einziges ordentliches Mitglied er selber war. Die Statuten:

§ 1 Jeder kann tun, was er will.
§ 2 Keiner darf dem anderen etwas einreden.
§ 3 Zusammengehen darf nichts.

Pfarrer Pieringer brachte es fertig, bei Beicht-Konkursen 60 Beichten in einer Stunde zu hören (und hatte natürlich dementsprechend großen Zulauf!). An Wallfahrtstagen hörte er in Handlab (wenn kein Beichtstuhl mehr frei war) auf der Kegelbahn des Wirtshauses Beichte. Einmal hatte er sich aus einer alten abgeschabten Hose eine Stola machen lassen.

Ein weiteres Beispiel wäre der Perasdorfer[3] Pfarrer Leopold Witt (1876–1961), den ich in meiner Jugendzeit selber noch erlebt habe – schließlich stamme ich ja aus der Nachbarpfarrei, und außerdem war eine meiner Tanten als „Kirchenbäuerin" seine unmittelbare Nachbarin.

Den Perasdorfer Pfarrer sah man meist nur in Stiefeln und einem etwas abgeschabten Talar. „Er sah einer Vogelscheuche oft ähnlicher als einem Pfarrherrn", schrieb später Pater Norbert Backmund vom nahen Windberger Kloster.

Oft war der Pfarrer auch mit seinem „Drahtesel" unterwegs; manchmal fuhr er mitten in der Nacht von Perasdorf bis weit über Regensburg hinaus und wieder zurück, oder er quälte sich die Rusel-Bergstraße hinauf, um anschließend in rasender Fahrt abwärts zu brausen.

Haushälterin hatte und brauchte er keine. Im Winter ließ er sich die Kohlen vom Lieferanten der Einfachheit halber gleich in das Wohnzimmer schütten. Hackstock und Brennholz hatte er im Schlafzimmer, wo er die Holzscheitl im Rahmen einer unbenutzten Tür aufschlichtete. Um sich teuere Vorhänge zu sparen, pickte er die Fenster einfach mit alten Zeitungen zu.

Trotz seiner asketischen Lebensweise war Pfarrer Witt kein leutscheuer Sonderling. Einem Schuster hatte er sogar einmal den Hochzeitslader gemacht. Er half den Bauern bei der Ernte, beim Dreschen und anderen unaufschiebbaren Arbeiten. Die Hostien für die Krankenkommunion steckte er einfach in sein Brevier.

Pfarrer Witt war ein rechter „Grad-an". Bei einem Patroziniumsfest in Schwarzach soll er einmal laut gebetet haben: „Heiliger Martin, hilf den Schwarzachern, wenn ihnen überhaupt noch zu helfen ist!" Als er einmal in Perasdorf Volksmissionare verabschiedete, begründete er die Sammlung in der Kirche mit dem Hinweis, daß er das Geld unbedingt brauche, weil sich ja die Patres – wovon sich jeder selbst überzeugen könne – „ganz schön herausgefressen" hätten.

Pfarrer Witt, ein außerordentlich streitbarer Geist, legte sich auch mit dem Klerusblatt, dem Bischof und sogar mit Adolf Hitler an (vgl. Hofer Walther, Der Nationalsozialismus, Dokumente 1933–45, Fischer-Bücherei Bd. 172, S. 151). Er schrieb aber auch an Papst Pius XI. mit der Bitte, er möge doch vernünftigere Enzykliken abfassen (lassen), mit den bisherigen blamiere er sich nur.

---

[1] Neßlbach bei Vilshofen
[2] maschinengeschriebenes Manuskript, o. J., 16 Seiten
[3] Perasdorf im Lkr. Straubing-Bogen

INHALT

JOSEF FENDL

Von der göttlichen Grobheit unserer Mundart

Bairische Sprachbilder

Turmschreiber Verlag

136 Seiten, DM 19,80 / öS 155,– / sFr 19,80

Lieferbare Bücher von Josef Fendl:

IM LUDWIG VERLAG MÜNCHEN:

2000 Bauernseufzer
1980, DM 29,80

Bayerisches Bauernbrevier
1777 neue Sagte-Sprichwörter und Mini-Schwänke;
1984, DM 29,80

Bayerischer Bauernschmaus
2222 weiß-blau gepfefferte Schmankerl;
1986, DM 29,80

Baierisch Quiz
Vergnügliches Rätselbuch für Bayern und andere
Menschen;
1993, DM 19,80

Erdäpfel in der Montur
Ein literarischer Brotzeitteller;
1994, DM 29,80

IM VERLAG FRIEDRICH PUSTET REGENSBURG:

Farbiges Ostbayern
Vom Steinwald zur Dreiflüssestadt,
von der Hallertau zum Böhmerwald
(Fotos von Wilkin Spitta);
1994, DM 26,80

Josef Fendl

ist gebürtiger Niederbayer (aus dem Landkreis Straubing-Bogen), wohnt und arbeitet seit 1957 im ober-
pfälzischen Neutraubling, an der Nahtstelle zwischen
Vorwald und Gäuboden. Seine Vorliebe gehört glei-
chermaßen der bayerischen Geschichte wie der baieri-
schen Sprache.

Josef Fendl ist seit 1949 schriftstellerisch tätig und
hat inzwischen neben zahlreichen Zeitungsaufsätzen
und (selbstgesprochenen) Rundfunkbeiträgen über
dreißig Bücher und Ortschroniken (u. a. über Pfatter,
Schwarzach, Neutraubling) geschrieben. Sein Bestsel-
ler „2000 Bauernseufzer" (W. Ludwig Verlag München)
liegt bereits in der 11. Auflage vor.

Als Sammler und Interpret seiner „Sprüche" und
„Wirtshausaphorismen" ist er vom Fichtelgebirge bis
Berchtesgaden und vom Lechrain bis an die böhmische
Grenze bekannt.